BASTEI
LÜBBE

Aus der Taschenbuchreihe JERRY COTTON – Neuauflage – sind nachstehende Romane erhältlich. Fragen Sie im Buch- oder Zeitschriftenhandel nach diesen Titeln:

Jerry Cotton

Todesblüten im Paradies

Kriminalroman

BASTEI LÜBBE

BASTEI-LÜBBE-TASCHENBUCH
Jerry Cotton – Neuauflage –
Band 32 093

Erste Auflage: September 1969
Zweite Auflage: Juni 1988

Unser Titelfoto zeigt Lino Ventura in der Gangsterkomödie ›Die Entführer lassen grüßen‹.
Der auf unserem Titelfoto dargestellte Schauspieler steht in keinem Zusammenhang mit dem Titel und Inhalt dieses Bastei-Romans.

Titelfoto: United Artists
Umschlaggestaltung: Quadro Grafik, Bensberg
Satz: Fotosatz Steckstor, Bensberg
Druck und Verarbeitung:
Brodard & Taupin, La Flèche, Frankreich
Printed in France
ISBN 3-404-32093-X

Der Preis dieses Bandes versteht sich einschließlich der gesetzlichen Mehrwertsteuer.

Der Name stand in großen Messingbuchstaben auf der Tür. Wie ein Blinder tastete der Mann die Buchstaben ab. »G-l-e-n-d-o-n--G-a-r-d-i-n-e-r.« Dann drückte er auf den Klingelknopf. Es dauerte lange, bis Glendon Gardiner die Tür öffnete. Angewidert blickte er auf den Mann im grauen, schmutzigen Regenmantel.

»Was willst du?«

»Mr. Gardiner?«

»Ja. Wer schickt dich?«

»Darf ich hereinkommen?«

»Bist du übergeschnappt? Du verdreckst mir die Teppiche. Außerdem dulde ich keine Farbigen in meiner Wohnung. Ich habe keine Lust, hinterher alles desinfizieren zu müssen.«

Der Fremde riß blitzschnell den Mantel auf. Bevor Gardiner eine Abwehrbewegung machen konnte, traf Stahl seine Stirn. Er stürzte rücklings. Der Mann sprang ihm nach. Mit einem Fußtritt schmetterte er hinter sich die Tür ins Schloß.

Der Name stand in nüchternen Schreibmaschinenbuchstaben auf dem Aktendeckel: Glendon Gardiner. Der Aktenordner war schmal; ein sicheres Zeichen dafür, daß wir wenig über den Mann wußten. Ein witziger Kollege hatte ihn einmal einen »Leih- und Pachtgangster« genannt. Wahrscheinlich traf dieser Witz den Nagel auf den Kopf. Gardiner vermietete sich und seine Gang an Bosse, die entweder nicht über genug Leute verfügten oder die aus irgendwelchen Gründen in einem bestimmten Fall die eigenen Leute nicht einsetzen wollten. Seine Auftraggeber wechselten ebenso häufig wie der Schauplatz seiner Tätigkeit, aber sein Standquartier blieb New York. Er kehrte immer wieder in die luxuriöse Dreihundert-Quadratyard-Wohnung im 16. und letzten Stockwerk eines Wolkenkratzers an der Paladino Avenue zurück.

War Glendon Gardiner ein Berufskiller? Wir glaubten, daß auch Mord auf seinem Lieferprogramm stand, aber wir hielten ihn für mehr als einen gewöhnlichen Berufskiller. Bei ihm konnte man jede Art Verbrechen bestellen, vom illegalen Transport schwarzgebrannten Schnapses bis zum Mordanschlag auf einen Konkurrenten. Wenn unsere Vermutungen stimmten, dann mußte Gardiner schon für mindestens ein Dutzend Gangsterbosse gearbeitet haben; und wenn wir ihn fassen konnten, dann gingen mit ihm zwei Dutzend . . . Ich wette, Sie kennen das Märchen ›Sieben auf einen Streich‹. Wir wollten einen märchenhaften Erfolg landen.

Ich legte den Aktenordner in das Schreibtischfach zurück. Niemand vom FBI hatte jemals mit Glendon Gardiner gesprochen. Ich hielt es für wichtig, mir den Mann, den ich jagen sollte, aus der Nähe anzusehen. Seine Telefonnummer stand in den Akten. Ich nahm den Hörer ab und wählte.

Drei- oder viermal hörte ich das Summen des ankommenden Rufes. Dann meldete sich eine Männerstimme mit einem »Hallo!«

»Sind Sie Mr. Gardiner?«

»Ja. Wer sind Sie?«

»Cotton vom FBI! Ich will mit Ihnen sprechen, Gardiner.«

»Wollen Sie mich vorladen?«

»Zu einer Vorladung langt's noch nicht.«

»Was liegt gegen mich vor?«

»Denken Sie mal selbst darüber nach. Sicher wird Ihnen das eine oder andere einfallen. Wann können Sie ins FBI-Hauptquartier kommen?«

»Zum Teufel, ich habe meine Zeit nicht gestohlen und kann es mir nicht leisten, sie in einem sinnlosen Geschwätz mit Ihnen zu vergeuden. Ich muß jetzt auflegen, G-man. An meiner Tür wird geklingelt.«

»Tut mir wirklich leid, Gardiner, aber ich muß unbedingt erfahren, was Sie im Februar in Alabama und im März in Saltlake City getan haben.«

Er schwieg einige Sekunden lang, und in das Schweigen hörte ich das Läuten seiner Türklingel.

»Okay, ich weiß, daß man einen Schnüffler nur los wird, wenn man seine Nasenlöcher mit Alibis zukleistert. Verdammt, lassen Sie mich diese Tür öffnen, G-man. Der Kerl macht mich mit seinem Läuten verrückt.«

»Ich warte, Gardiner!«

Er überlegte es sich anders. »Sie bestehen darauf, mit mir zu sprechen, nicht wahr? Warum soll ich mich durch das miese Wetter in eure schäbige Bude bemühen? Wenn Sie mich sehen wollen, machen Sie sich auf Ihre Strümpfe und kommen Sie her.«

»Wann?«

»Meinetwegen sofort. Ich stehe zu Ihrer Verfügung, sobald ich diesen hartnäckigen Klingler in den Fahrstuhlschacht geworfen haben werde, wer immer es sein mag.« Er trennte die Verbindung.

Ich ließ den Hörer in die Gabel gleiten, meldete mich über die Hausrufanlage bei der Einsatzleitung ab und verließ das Hauptquartier. Der Jaguar brachte mich in knapp zehn Minuten zur Paladino Avenue. Die aluminiumverkleidete Kabine des Selbstbedienungsliftes schoß mich in die 16. Etage hoch.

Die 16. Etage gehörte Glendon Gardiner allein. Der Eingang zu seiner Wohnung lag dem Lift unmittelbar gegenüber. Die Messingbuchstaben, die auf der weißen Türfüllung seinen Namen formten, glänzten wie poliertes Gold.

Ich klingelte. Niemand öffnete, und nach einer Minute klingelte ich wieder und nachdrücklicher. Mein Blick fiel auf einen runden Gegenstand vor meinen Füßen. Ich bückte mich und hob ihn auf. Es war ein schäbiger, mittelgroßer Mantelknopf. Als ich ihn zwischen den Fingern drehte, färbten sich meine Fingerkuppen an ihm rot.

Ich warf mich gegen die Tür. Sie gab nicht nach. Ich trat sechs- oder siebenmal gegen das Schloß, bis endlich die Lasche ausriß.

Der Anblick nahm mir den Atem. Glendon Gardiner lag in einer Blutlache. Die Wände, die Möbel, die weißen Türen zu den anderen Räumen waren blutbespritzt. Der Mörder hatte sich nicht damit begnügt, ihn zu töten. Er mußte auf den längst toten Mann wie ein Rasender eingeschlagen haben.

Ich ging langsam um den Toten herum. Es war schwierig, nicht in Blut zu treten. Auf der Suche nach einem Telefon stieß ich der Reihe nach die Türen auf. Die vierte Tür führte in Gardiners Wohnraum, ein großes Zimmer mit überdimensionaler Fensterfront zur Dachterrasse.

Der Mann stand mitten im Raum. Er hatte tiefschwarzes, glattes Haar, ein braunes Gesicht mit einer breiten Nase, einem dicklippigen Mund und dunklen, feuchten Augen. In einem verzerrten, festgefrorenen Lächeln zeigte er ein makelloses Raubtiergebiß. In den Händen hielt er eine unterarmlange Machete; von der nach innen gekrümmten Spitze tropfte das Blut. Der graue, offene Regenmantel, die zerfransten Leinenschuhe, die blaue Hose – alles war blutbespritzt, ja blutgetränkt. Es gab keinen Zweifel, daß ich Glendon Gardiners Mörder gegenüberstand.

Ich griff nicht nach dem 38er. Der Mann war ein Verrückter, den der Anblick eines Revolvers nicht einschüchtern konnte. »Hallo«, sagte ich halblaut. »Ich glaube, es wäre besser für uns beide, wenn du das Haumesser fallen ließest.«

Er reagierte nicht. »Ich hoffe, du verstehst Englisch?« Jetzt nickte er. »Malaoh will gehen«, stieß er hervor. »Mister läßt Malaoh gehen, bitte!«

»Leg jetzt die Machete aus den Händen!«

Er war nur mittelgroß. Auf den ersten Blick schien er nicht besonders muskulös, sondern eher ein wenig fett zu sein, aber seine Bewegungen hatten die Kraft und die Geschmeidigkeit einer zustoßenden Schlange. Mit fürchterlichem Schwung zerschnitt die Machete die Luft. Ich rettete mich mit einem mächtigen Rückwärtssatz. Meine Hand fuhr zum Jakkenausschnitt hoch.

Gardiners Mörder drang weiter auf mich ein. Immer noch lag auf seinem Gesicht das gefrorene Lächeln, als wolle er ausdrücken, es handele sich nur um ein Spiel; aber es war kein Spiel. Er handhabte das Haumesser mit solcher Wucht, daß ein Hieb genügt hätte, mir einen Arm abzutrennen oder auch den Kopf.

Ich bekam etwas Luft, als ich den Schreibtisch zwischen ihn und mich bringen konnte. Im passenden Augenblick benutzte ich ihn als Rammbock. Die Kante traf den Fremden in Höhe der Magengrube. Er knickte zusammen. Die Luft blieb ihm für Sekunden weg. Ich ließ den Tisch los, packte mit beiden Fäusten den Schreibtischsessel und ging auf den Mann mit der Machete los. »Ich glaube, du solltest jetzt aufgeben«, sagte ich ruhig.

Er sprang mich an. Das schwere Buschmesser sauste nieder. Ich wich nicht mehr aus, sondern fing den Hieb mit dem Stuhl ab. Holz krachte, als die Machete eine Querleiste durchschnitt. Er riß die Waffe zurück, aber ich ließ ihm nicht die Zeit für einen neuen Hieb. Ich schlug ihm den Schreibtischsessel um die Ohren. Die Machete klirrte auf den Boden. Der Mann taumelte, stürzte. Ich ließ den Stuhl fallen. Als er sich aufrichtete, stand ich schon vor ihm. Meine Faust explodierte an seinem Kinn. Er wurde herumgeschleudert, krachte auf den Rücken und blieb mit ausgebreiteten Armen liegen.

Ich legte das Haumesser auf die Mahagoniplatte des Schreibtisches. Das Telefon lag auf dem Boden, aber es funktionierte noch. Ich rief das Hauptquartier an und ließ mich mit Phil verbinden.

»Komm zur Paladino Avenue, Dresher-House, 16. Stock, Wohnung von Glendon Gardiner.«

»Der Mann, der zur Zeit auf deinem Jagdprogramm steht?«

»Die Jagd ist zu Ende. Gardiner wurde vor zehn Minuten ermordet. Der Mörder benutzte eine Machete.«

»Eine was?«

»Ein Haumesser.«

»Verdammt exotische Waffe für einen Mord in New York!«

»Der Mörder ist ein Exote.«

»Kennst du ihn?«

»Er war noch da, als ich kam, und er ist auch jetzt noch hier. Ich fürchte, er wird erneut verrückt spielen, sobald er wieder zu sich gekommen ist. Also beeil dich!

Ich legte auf. Ich hätte mir gern das Blut von den Händen gewaschen, aber ich fürchtete, die Bewußtlosigkeit des Machete-Mörders würde nicht lange anhalten. Schon zuckten seine Augenlider.

Die Tür zur Diele stand offen. Von Gardiners Körper konnte ich die Beine sehen, und dahinter den Flur. Der Lift kam nach oben. Ich hörte die Stimmen von Männern.

Drei Männer erschienen in der Türöffnung. Beim Anblick von Gardiners Körper geriet ihr Gespräch ins Stocken. Sekundenlang starrten sie auf den Toten. »Das ist Glen«, sagte einer von ihnen halblaut.

Gardiners Mörder machte eine Bewegung und lenkte damit meine Aufmerksamkeit auf sich. Er richtete den Oberkörper auf. »Bleib, wo du bist!« befahl ich. »Steh nicht auf!«

Als ich den Kopf hob, standen die drei Männer in der Türöffnung. Jeder hielt eine Waffe in der Hand. »Beweg dich nicht!« befahl der vorderste Mann. Er war ungefähr so groß wie ich, dreißig Jahre alt, mit dichtem blondem Haar und einem scharf geschnittenen Gesicht. »Hast du Glen gekillt?«

»Unsinn! Du bist Art Ranger?« Er nickte. Über Arthur Ranger wußten wir, daß er als Gardiners rechte Hand galt. Als Jugendlicher hatte er sich an einer Serie von Verbrechen beteiligt, die sich durch ungewöhnliche Brutalität und Gewaltanwendung auszeichneten. Später hatte er noch einmal wegen eines Überfalls auf eine Tankstelle, bei dem die Frau des Pächters vergewaltigt worden war, vor Gericht gestanden. Ein tüchtiger Rechtsanwalt hatte ihn vor dem Gefängnis und vielleicht vor dem elektrischen Stuhl bewahrt. Vermutlich hatte Gardiner den Anwalt bezahlt, denn seit diesem Prozeß gehörte Ranger zum Gardiner-Verein.

»Ich bin Cotton vom FBI«, sagte ich. »Fuchtelt hier nicht mit Kanonen herum!«

Rangers Blicke richteten sich auf den Mann im schmutzigen Regenmantel. »Hat er Glen gekillt?«

»Ich sagte, daß ihr die Schießeisen verschwinden lassen sollt«, wiederholte ich. »Das ist ein FBI-Befehl!«

Die Blicke des Blonden lösten sich nicht von dem Farbigen,

der reglos auf dem Boden hockte. »Du Bastard . . .«, zischte er. »Du dreckiger, verdammter Bastard!«

Ich versuchte, die Hand in den Jackenausschnitt zu bringen. Einer der beiden Begleiter, ein untersetzter, bulliger Bursche mit krausem schwarzen Haar und einer knallgelben Krawatte unter dem Amboßkinn, warnte: »Es knallt!« Er hielt einen 45er Colt in der klobigen Hand, eine Kanone, die ein Nashorn nachdenklich stimmen konnte.

»Hör zu!« fauchte ich Ranger an. »Ich werde dir jetzt den FBI-Ausweis zeigen.«

»Ich will deinen Ausweis nicht sehen«, antwortete er. »Dieser Bastard hat also Glen erledigt.« In einem flüchtigen Grinsen zeigte er seine Zähne, die lückenhaft und ungepflegt waren. »Ich hätte nie geglaubt, daß Glen sich von 'nem Mann mit 'nem Messer erledigen ließe. Ich hätte gewettet, daß man gegen ihn mindestens einen Panzer auffahren müßte.« Er machte zwei Schritte auf den Mörder zu.

»Faß den Mann nicht an, Ranger!« sagte ich.

Er wandte den Kopf. Die graugrünen Augen verengten sich zu Schlitzen. »Willst du 'nen Mörder schützen, G-man? Ich bin im Süden aufgewachsen. Wir machen keine langen Geschichten mit einem Dunkelhäutigen, der einen weißen Mann umgebracht hat. Wir lynchen ihn, und genau das werden Burt, Harry und ich jetzt mit diesem Nigger tun.«

»Du irrst dich! Erstens liegt New York nicht im Süden. Zweitens werden auch im Süden Verbrecher von Gerichten verurteilt. Richter Lynchs Zeiten sind vorbei!«

»Wir werden dir das Gegenteil beweisen.«

»Wenn einer von euch den Mann anfaßt, gibt es Ärger!«

»Kannst du nicht sehen, G-man? Wir halten die Kanonen in den Händen. Deine Finger sind leer.«

»Das spielt keine Rolle!«

Ranger leckte über die Lippen. »Burt, kauf dir den Nigger!«

Der untersetzte, bullige Krauskopf ging auf den Mann zu. Ich vertrat ihm den Weg.

»Geh zur Hölle!« grunzte er. Ich bewegte mich nicht. Er wandte sich zu Ranger um, und der Blonde nickte. Der Krauskopf stieß mir den Lauf des Elefantencolts in die Magengrube. Ich traf mit einem harten Kantenschlag sein Handgelenk. Er röhrte auf. Der Colt polterte auf den Boden.

Voller Wut schlug er mit der linken Faust nach mir. Ich nahm den Kopf zur Seite weg, konterte, vermied auch den nächsten, viel zu weit hergeholten Schwinger und konterte noch einmal.

»Der Bastard türmt!« schrie Ranger. Ich warf mich herum. Gardiners Mörder war aufgesprungen. In langen Sprüngen hetzte er auf den Tisch zu, auf dem die Machete lag.

Ein wuchtiger Hieb traf meinen Nacken und warf mich aufs Gesicht. Schüsse krachten. Ich wälzte mich auf den Rücken und riß den 38er aus der Halfter.

Eine Kugel traf den Mann im grauen Regenmantel ins Knie. Das linke Bein knickte unter ihm weg. Er stürzte und rutschte auf dem glatten Parkettboden bis zur großen Fensterwand an der Stirnseite des Raumes. Zwei der großen Schiebefenster waren zurückgezogen, und der Weg auf die Dachterrasse lag offen.

Ich feuerte im Liegen auf Ranger und den dritten Mann. Ich zielte auf ihre Hände und ihre Waffen. Ich verfehlte Ranger, aber ich traf die Hand des dritten Mannes. Seine Waffe flog gegen einen Schrank. Dabei löste sich noch ein Schuß.

Art Ranger reagierte schnell, aber völlig anders, als ich erwartet hatte. Er ließ seine Kanone fallen, spreizte die Hände zur Seite und schrie: »Schieß nicht, G-man!«

Ich sprang auf. Gardiners Mörder hatte die Terrasse schon erreicht. Er kroch auf die Brüstung zu. Das linke Bein schleifte er nach. Er zeichnete eine Blutspur über die weißen Marmorplatten der Terrasse. Ich rannte. Er drehte den Kopf nur einmal, schnellte dann unter Aufbietung aller Kräfte seinen Körper nach vorn und erreichte die Brüstung. Er zog sich daran hoch. In einem langen Hechtsatz warf ich mich über die ganze Breite der Terrasse. Ich krachte mit voller Wucht gegen die Brüstung. Ich glaube, daß noch der Saum seines langen grauen Regenmantels meine Finger streifte, aber ich kam zu spät, um ihn aufzuhalten.

Ich weiß nicht, wie lange es dauert, bis ein Körper sechzehn Stockwerk tief fällt. Er schrie nicht. Der graue Mantel flatterte wie ein zerrissenes Segel. Dann kam der Aufschlag auf dem Beton des kleinen Innenhofes; das dumpfe Geräusch ging unter im Rauschen des Verkehrs auf der Paladino Avenue.

Ich stand auf. Ich hatte den 38er fallen lassen. Er lag an der Schwelle zum Zimmer. Ich hob ihn auf.

Ranger hielt noch immer die Hände zur Seite abgespreizt. Der kraushaarige Schläger starrte dumpf geradeaus, und der dritte Mann, ein großer, starkknochiger Bursche mit einem häßlichen Pferdegesicht, hielt mit der linken seine rechte Hand hoch, von der das Blut tropfte. Ein Strom unflätiger Flüche ergoß sich über seine Lippen wie Schmutzwasser aus einer Kloake.

»Ich verhafte dich wegen versuchten Mordes!« schnauzte ich Ranger an. »Dich und deine Kumpane!«

»Rede keinen Unsinn, G-man! Wir haben dir geholfen, einen flüchtenden Mörder zu stoppen.«

»Du hattest vor, diesen Mann zu lynchen!«

»Lynchen! He, Burt, Harry! Hat einer von euch das Wort Lynchen gehört?«

»Stellt euch mit dem Gesicht zur Wand!« Auf einen Wink Rangers gehorchten die anderen. Ich sammelte die Kanonen ein. Das Pferdegesicht sagte zwischen zwei Flüchen. »Ich brauche 'nen Arzt, G-man!« Während ich noch einsammelte, kam Phil. Auch in seinem Gesicht malte sich nacktes Entsetzen beim Anblick von Gardiners Leiche. »Warum wurde er so zugerichtet?« fragte er leise.

»Der einzige Mann, der die Frage beantworten könnte, liegt sechzehn Etagen tiefer auf dem Beton des Hofs. Sorg dafür, daß diese Typen abtransportiert werden! Ich alarmiere die Mordkommission der City Police.«

Vier Stunden später wußten wir, daß Gardiners Mörder zur Besatzung eines Schiffes gehörte, das vor rund vierundzwanzig Stunden an einem Pier des New Yorker Hafens festgemacht hatte. Sein vollständiger Name lautete Malaoh Hakaulai, und trotz dieses seltsamen Namens war er amerikanischer Bürger, denn er stammte von den Hawaii-Inseln, die 1959 der fünfzigste Bundesstaat der USA geworden waren. Der Mann hatte erst in New Orleans auf dem Schiff angeheuert. Niemand wußte, wie und wann er von Hawaii nach New Orleans gelangt war.

Wir suchten nach einer Erklärung, was den Hawaiianer bewogen hatte, Glendon Gardiner auf so bestialische Weise umzubringen. Einen Hinweis auf mögliche Beziehungen zwischen Mörder und Ermordeten entdeckten wir, als wir in Gardiners Papieren eine Quittung fanden, ausgestellt von dem Reisebüro Haddican's World Service, zwei Monate alt und über einen Betrag von achthundert Dollar lautend. Wir riefen die Firma an und erhielten die Antwort, die wir erwartet hatten. Gardiner hatte vor rund acht Wochen einen Hawaii-Trip bei dem Reisebüro gebucht.

Am frühen Nachmittag ließ ich Art Ranger in unser Büro holen. »Dein Chef war vor sechs Wochen auf Hawaii. Hast du ihn begleitet?«

Er schüttelte den Kopf. »Nein, Glen flog allein.«

»Zu welchem Zweck?«

»Ausspannen! Erholen! Amüsieren! Er muß auf seine Kosten gekommen sein, wenn nur die Hälfte von dem, was er mir erzählte, stimmte. Die Luft, die Musik, der Blumenduft, das alles betäubt die Girls wie Äther.« Er fuhr sich durch das dichte blonde Haar. »Verdammt, so sagte er wörtlich, ohne zu ahnen, daß er vom letzten Spaß seines Lebens sprach.«

»Der Mann, der ihn tötete, war ein Hawaii-Matrose. Ohne Zweifel besteht ein Zusammenhang zwischen dem Mord und Gardiners Aufenthalt in Hawaii.«

»Wen interessiert das noch? Glen ist tot, und der Bastard, der ihn killte, brach sich das Genick.«

Das Telefon läutete. Ich hob ab, und die Zentrale meldete: »Der Anwalt Russel Dankowsky will den untersuchenden Beamten wegen seiner Mandanten Ranger, Smith und Drew sprechen.«

»Schick ihn rauf! Ranger ist gerade in meinem Büro.« Ich legte auf. »Dein Anwalt kommt, Ranger!«

»Wer ist es?«

»Hast du ihn nicht gerufen?«

»Ihr habt mich eingelocht, ohne mir eine Chance für ein Telefongespräch zu geben.«

Ein kleiner, dicker, glatzköpfiger Mann platzte ins Büro, ohne seine Finger durch Klopfen zu strapazieren. Er trug eine Aktenmappe aus hellem Schweinsleder, die voll Flecken war, als transportierte er darin uneingewickelte Käsebrötchen. Wie einen Sandsack, hinter dem er nötigenfalls in Deckung gehen konnte, baute er die Mappe auf dem Schreibtisch auf. »Mein Name ist Russel Dankowsky«, kläffte er asthmatisch. »Ich fordere Sie auf, die Gentlemen Arthur Ranger, Burton Smith und Harry Drew, die Sie unberechtigt festgenommen haben, sofort auf freien Fuß zu setzen.« Mr. Dankowskys Englisch verriet, daß in seinem Elternhaus irgendeine slawische Sprache gesprochen worden war, die ihm einen unauslöschlichen Akzent aufgeprägt hatte.

»Sie sollten wissen, daß der Untersuchungsrichter über Berechtigung und Aufrechterhaltung der Haft entscheidet.«

»Ich weiß.«

Er lächelte ölig. »Aber vielleicht, Sie und ich, wir könnten uns einigen.«

»Wer hat Sie beauftragt, Mr. Dankowsky?«

»Telefonanruf!«

»Das ist keine befriedigende Antwort!«

»Jemand rief an, nannte keinen Namen, sondern versprach, Dollars zu schicken, wenn ich Arthur Ranger und seine Freunde rausholte. Es ist mein Beruf, G-man, Leute bei Gericht und der Polizei rauszuhauen und ein paar Dollars dafür zu bekommen.« Er wandte sich an den blonden Gangster. »Sie sind Ranger?« Aus der fettigen Aktenmappe holte er ein Formular, nahm von meinem Schreibtisch einen Kugelschreiber und hielt beides dem Gangster hin. »Unterschreiben Sie die Vollmacht!« Ranger unterschrieb. Dankowsky wedelte mit der Vollmacht wie mit einer Parlamentärsfahne.

»Ich habe Anspruch auf eine ungestörte, zeugenlose Unterredung mit meinem Mandanten.«

»Mich stört die Gegenwart des G-man nicht«, sagte Ranger. »Er weiß ohndies, wie es sich zugetragen hat. Er war ja dabei.« Aus der Rocktasche zog er ein Zigarettenpäckchen, klopfte sich eine Zigarette heraus und ließ sich von dem Anwalt Feuer geben. »Wir kamen in die Wohnung Gardiners. Wir fanden ihn in seinem Blut. Im Wohnzimmer stießen wir auf zwei Männer. Einer behauptete, er wäre G-man, aber er bewies es uns nicht. Als mein Freund Burton Smith ihn festhalten wollte, schlug er ihn nieder. Gleichzeitig versuchte der andere Mann zu fliehen. Wir stoppten ihn, und ich glaube, es war Harry Drew, der ihn ins Knie traf. Darauf zog der G-man seine Kanone, zwang uns, die Waffen fallen zu lassen, verwundete Harry, und während er sich mit uns völlig sinnlos beschäftigte, türmte Glens Mörder über die Brüstung.«

Dankowsky stieß einen Jubelschrei aus. »Der Richter wird sich entschuldigen und Sie auf Staatskosten mit einem Taxi nach Hause bringen lassen!«

»Ranger verschweigt Ihnen, daß er und seine Kumpane Gardiners Mörder lynchen wollten.«

»Davon ist kein Wort wahr«, erklärte Ranger lächelnd. »Das Verhältnis der Zeugen ist drei zu eins.«

»Okay, okay!« Dankowsky riß die Aktenmappe vom Tisch. »Ich werde sofort mit dem Richter sprechen.« Grußlos, wie er gekommen war, stürmte er aus dem Zimmer.

»Wer bezahlt den Anwalt für dich, Ranger?«

»Keine Ahnung, G-man!«

»Gardiner war immer ein Spezialist für Schmutzarbeit. Du warst seine rechte Hand, und ich denke darüber nach, ob du den Mann, der ihn erledigte, nicht zu ihm geschickt hast. Du kamst mit Smith und Drew zu spät, aber früh genug, den Mörder anzutreffen und ihn beim Fluchtversuch zu töten.«

»Ich habe ihn nicht gekillt, G-man. Er sprang freiwillig über die Brüstung.«

»Mein Auftauchen in Gardiners Wohnung war nicht einkalkuliert.«

»Warum hätte ich Gardiner aus dem Wege räumen sollen?«

»Um sein Nachfolger zu werden.«

Er kniff die grünlichen Augen zusammen. »Kein schlechter Gedanke, G-man. Soweit ich über Glens Familienverhältnisse Bescheid weiß, hinterläßt er keine Erben.«

Ein Sergeant brachte Ranger in die Zelle zurück. Wenig später rief der Richter an, bei dem Dankowsky aufgekreuzt war, und bat um Zustellung aller Unterlagen. Er nannte den Distriktanwalt, der die Anklage vertreten sollte. Damit stand fest, daß Ranger und seine Freunde gegen die Zahlung einer Kaution bis zum Verhandlungsbeginn auf freien Fuß gesetzt wurden.

Ich erledigte die Formalitäten, schickte die Protokolle durch einen Boten ins Büro des Distriktanwaltes und kletterte in den Jaguar.

Das Reisebüro Haddican's World Service unterhielt ein großes Office mit vier Schaufenstern im Parterre eines Hochhauses auf der West 14. Straße, nur ein paar Dutzend Yard von der 8. Avenue entfernt. Im ersten Schaufenster standen vier braunhäutige, lächelnde, blumenbekränzte Hula-Mädchen, zwar aus Pappe, aber lebensgroß und farbenfroh. Eine Überschrift lockte: »Besuch Hawaii und triff uns.«

Im zweiten Fenster ritt ein muskelbepackter Wellenreiter durch eine schäumende Brandung. »Lernen Sie Surfing bei mir am Strand von Waikiki.«

Auch das dritte Fenster lockte mit einem Foto Honolulus und des Diamond-Head. »Einen Urlaub in Hawaii werden Sie nie vergessen.«

Ich ging auch am vierten Schaufenster vorbei. Seine Dekoration galt nicht Hawaii, sondern dem Rest der Welt.

Nach so viel Hawaii-Reklame hätte es mich nicht gewundert, im Office von Hula-Mädchen bedient zu werden. Die Girls hinter den Tischen des Reisebüros waren zwar hübsch, aber durchaus amerikanisch angezogen und frisiert. Eine Blonde kümmerte sich um mich.

»Ich denke, ich sollte mit Mr. Haddican selbst sprechen«, sagte ich.

»Mit dem Chef? Das ist Mrs. Haddican.«

Sie telefonierte, meldete mich an und führte mich in ein Büro, das durch eine Glaswand mit dem Hauptoffice verbunden war. Eine kräftige, dunkelhaarige Frau saß hinter einem Schreibtisch. Die Wände waren mit Prospekten von Ferienorten und Hotels tapeziert. Die Frau lächelte. Sie war wenig geschminkt. Ich schätzte sie auf ungefähr fünfundvierzig Jahre. »Ich bin Helen Haddican«, sagte sie mit einer Stimme, die für eine Frau zu tief lag.

»Cotton vom FBI.« Ich reichte ihr meinen Ausweis, den sie sorgfältig prüfte. »Was kann ich für Sie tun, Mr. Cotton?«

»Ihr Büro vermittelt ausschließlich Reisen nach Hawaii?«

»Wir erfüllen die Wünsche unseres Präsidenten. Er möchte, daß die Touristendollars im Lande bleiben. Wir verkaufen den Leuten ein Ferienziel weit draußen im Pazifik, aber innerhalb des Hoheitsgebietes der USA. Abgesehen davon ist meine Firma an einem großen Hotel in Honolulu beteiligt. Ich bemühe mich, für möglichst viele Gäste zu sorgen.«

»Sie verkaufen Arrangements?«

»Von acht Tagen bis zu drei Monaten Aufenthalt, einschließlich Ausflugsprogramm, Folklore und Hula-Hula-Lehrgang. Wenn Sie höhere Ansprüche haben, besorgen wir Ihnen auch einen Einzelbungalow, ein Motorboot zu Ihrer Verfügung und einen garantiert echten Hawaii-Eingeborenen als Diener und Führer.« Sie lächelte. »Einen fast echten Eingeborenen. Unsere Vertragsbutler haben meistens einige Prozente chinesisches Blut.«

»Welches Arrangement haben Sie für Glendon Gardiner gebucht?«

Sie runzelte die starken Augenbrauen. »Nach dieser Buchung wurde heute schon einmal gefragt, nicht wahr?« Sie beugte sich über das Mikrofon einer Sprechanlage: »Cynthia, bring mir die Unterlagen der Buchung D 4022.«

»Sofort«, antwortete aus dem Lautsprecher eine Mädchenstimme.

»Warum interessiert sich der FBI für diese Reise?« fragte Mrs. Haddican. »Darf ich es erfahren?«

»Sie werden es morgen in den Zeitungen lesen. Glendon Gardiner wurde ermordet.«

»Sicherlich sehr schrecklich, Mr. Cotton, aber ich nehme an, es geschieht nicht zum erstenmal, daß jemand kurz nach einer Urlaubsreise umgebracht wurde.«

»Der Mörder war ein Matrose aus Hawaii.«

Ein Mädchen betrat das Büro, und dieses Mädchen war hübsch. In New York kreuzen hübsche Mädchen ununterbrochen den Weg eines Mannes; bei acht Millionen Einwohnern fallen zwangsläufig einige hunderttausend erstklassig aussehende Girls an. Aber das Aussehen dieses Mädchens hätte eigentlich das Gemüt eines Filmproduzenten erschüttern müssen, wenn diese Leute nicht vor lauter Dollartrübung im Blick das Sehen verlernt hätten.

»Meine Tochter Cynthia«, sagte Mrs. Haddican. »Cynthia, das ist Mr. Cotton vom FBI!«

Cynthia Haddican war zwei- oder dreiundzwanzig Jahre alt. Für ein Mädchen war sie ziemlich groß, und genau der richtige Anteil ihrer Größe entfiel auf die Länge ihrer Beine. Sie hatte eine helle Haut, strahlend blaue Augen unter dunklen Brauen und schwarzen Wimpern. Ihr Haar besaß einen natürlichen Goldton. Es fiel üppig in weichen Wellen bis zu den Schultern. Als sie lächelte, blitzten weiße Zähne auf, die für jede Zahnpastareklame ideales Anschauungsobjekt gewesen wären.

Sie legte einen schmalen Aktenordner auf den Schreibtisch. Ihre Mutter setzte eine Brille auf.

»Mr. Glendon Gardiner, Paladino Avenue«, las sie vor. »Einzelzimmer in der Luxuskategorie. Aufenthaltsdauer drei Wochen. Cynthia, du hast die Quittung ausgeschrieben. Kannst du dich an Mr. Gardiner erinnern?«

»Nicht an den Namen.«

Ich besaß ein Foto von Gardiner. »Vielleicht an das Gesicht?« Cynthia warf einen Blick auf die Fotografie. Sie errötete und preßte die Lippen zusammen. »Ja, diesen Mann kenne ich«, sagte sie leise.

»Geschah irgend etwas Ungewöhnliches?«

»Er versuchte, mit mir zu flirten.«

Helen Haddican lachte. »Was ist daran ungewöhnlich? Alle unsere männlichen Kunden versuchen, mit dir zu flirten.«

Cynthia lachte nicht mit. Die Begegnung mit Gardiner schien sich ihr als unangenehmes Erlebnis eingeprägt zu haben. Ihre Mutter nahm die Brille ab. »Danke, Cynthia. Oder wollen Sie ihr noch Fragen stellen, Mr. Cotton?«

»Flirtete Gardiner mit Ihnen, Miß Haddican, oder machte er Ihnen handfeste Vorschläge?«

»Er forderte mich auf, ihn nach Hawaii zu begleiten. Er wollte sofort ein Arrangement für mich buchen und bezahlen. Er sagte, ich solle den Job an den Nagel hängen. Als ich antwortete, ich würde die Firma einmal erben, denn sie gehöre meiner Mutter, lachte er so laut, daß alle Leute im Office aufmerksam wurden. Ich erklärte ihm, daß er zahlen und gehen solle. Er riß mir die Quittung aus der Hand und zischte mich an, er würde mich noch so kirre machen, daß ich ihm aus der Hand fräße.«

»Das hast du mir nie erzählt!« Helen Haddican war empört. Ihre Tochter zuckte die Schultern. »Warum sollte ich? Mr. Gardiner gehört anscheinend zu jenen Schürzenjägern, die Niederlagen nicht ertragen können und bei Mißerfolgen grob werden. Ich habe ihn nie wiedergesehen.«

»Er wird keine Urlaubsreise bei Ihnen mehr buchen. Er wurde am Vormittag ermordet.« Ich beobachtete sie, aber sie reagierte nicht auf diese Mitteilung. Offenbar war ihr Gardiners Schicksal gleichgültig. »Kann ich jetzt gehen?« fragte sie. »Guten Abend, Mr. Cotton.« Sie verließ das Büro.

»Wie hieß der Mann, der den Mord beging?« fragte ihre Mutter.

Ich mußte mein Notizbuch benutzen, um den Namen richtig wiederzugeben. »Malaoh Hakaulai.«

»Ich glaube nicht, daß irgendwer, der für uns arbeitet, so heißt, aber selbstverständlich kenne ich nicht die Namen aller Angestellten unseres Hotels. Falls Sie es wünschen, werde ich dem Manager schreiben und feststellen lassen, ob irgendwo ein Mann mit diesem Namen beschäftigt wurde.«

»Vielen Dank, Mrs. Haddican, aber wir können uns unmittelbar an die Polizei in Honolulu wenden.«

Wieder lachte sie. «Sehr dumm von mir, den Detektiv spielen zu wollen. Beinahe hätte ich Ihnen angeboten, mich selbst für Sie auf den Inseln umzusehen.«

»Wann werden Sie fliegen?«

»Das ist unbestimmt, aber ich muß in jedem Jahr einige Male hinüberfliegen, um neue Verträge abzuschließen, Beschwerden meiner Kunden nachzugehen usw.«

»Hat Gardiner an Ausflügen teilgenommen?«

Sie prüfte ihre Papiere. »Eine Besichtigungsfahrt hatte er nicht vorbestellt, aber selbstverständlich kann man auf Hawaii Rundflüge oder Besichtungsfahrten buchen. Wenn das nicht über mein Büro geschieht, erfahren wir es nicht.«

»Gardiners Reisebuchung unterscheidet sich also praktisch nicht von den Aufträgen anderer Kunden?«

»Kaum, Mr. Cotton.« Sie wies auf einen abgehefteten Beleg. »Er ließ sich lediglich ein Motorboot zur freien und uneingeschränkten Verfügung reservieren. Das geschieht relativ selten.«

»Können Sie mir sagen, welches Motorboot Gardiner benutzte?«

»Die Registriernummer ist OA 421 und der Name ›Mado-Mado‹.«

»Vielen Dank, Mrs. Haddican. Falls ich einmal anders als auf Staatskosten in den Staaten herumreisen will, werde ich mich an Ihr Büro erinnern.«

»Wir werden uns MÜhe geben, Sie gut zu bedienen, Mr. Cotton.« Sie stand auf. »Lassen Sie mich wissen, wenn ich Ihnen auf irgendeine Weise behilflich sein kann.«

LaGuardia Airport. Abends gegen zwanzig Uhr. Über die Lautsprecher kam die Durchsage: »Flug 244 der National-Charter-Fly-Company von Honolulu mit Zwischenlandung in Frisco landet auf Bahn 4. Die Passgiere werden den Ausgang G 2 benutzen.«

Frank Call drängte sich in die vorderste Reihe der Wartenden. Zehn Minuten nach der Durchsage kamen die Passagiere des Flugs 244, angeführt von der Ground-Hostess der Fluggesellschaft. Alle waren sehr viel sonnengebräunter als ein Durchschnitts-New-Yorker es um diese Jahreszeit sein konnte. Viele trugen bunte Hawaii-Hemden und noch die Papierblumenkränze des Abschiedshulatanzes um den Hals. Für einen kühlen New Yorker Abend waren die Kleider der Mädchen zu dünn und zu kurz.

Frank Call sah Lorain Streen, rief ihren Namen und winkte mit dem Rosenstraß in seiner Hand. Sie warf beide Hände hoch. »Frank! Frank!« Sekunden später stürzte sie sich in seine Arme, und sie küßten sich ausführlich.

Schließlich faßte der Mann das Mädchen an den Schultern, drückte es ein wenig zurück und musterte es:

»Du siehst prächtig aus, Lorain. Du bist brauner als im vorigen Jahr.«

»Eine ganz andere Sonne schien auf Hawaii als in Florida, Frank. Ach, es war herrlich. Du, ich kann wellenreiten. Ich habe es gelernt. Du wirst staunen, wenn du die Fotos siehst.« Sie schmiegte sich an ihn. »Ich freue mich, daß du mich abgeholt hast. Ich dachte, wir würden uns erst morgen im Büro sehen.«

»Wenn ich dich nicht abgeholt hätte, Lorain, hätten wir uns überhaupt nicht gesehen. Ich fliege noch heute nacht für die Firma nach Alaska.«

»Ach – wie schade, Frank! Ich habe dir so viel zu erzählen.«

»Uns bleiben noch ein paar Stunden. Meine Maschine startet gegen zwei Uhr.«

Sie lächelte ihn von unten her an. »Willst du diese Stunden mit Reden verschwenden?«

»Das hängt ganz von dir ab, Darling«, antwortete er leise.

Sie stampfte mit dem Fuß auf. »Aber ich habe ein Geschenk für dich, und ich will, daß du es zu sehen bekommst, bevor du nach Alaska fliegst. Wirst du wieder drei Wochen bleiben?«

»Dieses Mal vermutlich länger als einen Monat. Also zeig her, was du mitgebracht hast!«

»Es steckt im Koffer.«

»Okay, holen wir den Koffer!«

»Das Reisebüro stellt das Gepäck zu. Das gehört zum Service. Sie werden es aber erst morgen schicken, und ich kann dir mein Geschenk nicht geben.«

In Frank Call erwachte das allen Männern eigene Bedürfnis, der Geliebten zu beweisen, daß er ihr jeden Wunsch erfüllen konnte. »Hast du den Gepäckschein? Komm mit!«

Er erkundigte sich bei der Ground-Hostess der Fluggesellschaft. Sie verwies ihn an das Verwaltungsbüro des Flughafens. Am Ende ihrer Bemühungen gelangten sie in einen abgelegenen Teil des Flughafengebäudes. In einer mit Gittern abgetrennten Halle stand auf Transportkarren das Passagiergepäck und Frachtgut.

Call rief den Lagerverwalter ans Gitter. »Wir möchten einen Koffer abholen.«

»Wir haben hier nur Gepäckladungen, die geschlossen weiterbefördert werden.« Er warf einen Blick auf den Gepäckschein. »Der Charterflug von Hawaii? Die Gepäckverteilung übernimmt das Reisebüro.«

Call erzählte eine lange Lügengeschichte, um den Mann zu bewegen, Lorains Koffer herauszugeben, aber erst als er eine Zehndollarnote zwischen seinen Fingern auftauchen ließ, fand sich der Lagerverwalter bereit, irgend etwas zu unternehmen.

Nach einiger Zeit kam er zurück und trug einen Koffer aus imitiertem Krokodilleder in der Hand. »Das ist er, nicht wahr? Sie hatten Glück, daß das ganze Gepäck noch nicht weitergeleitet worden ist.« Er blätterte in einer Liste, deren Zahlenreihe er mit der Nummer des Gepäckscheines verglich. »Quittieren Sie hier den Empfang, Miß!«

Lorain quittierte und erhielt den Koffer ausgehändigt. »Du hast es geschafft, Frank!« sagte sie strahlend. »Ich kann dir mein Geschenk zeigen. Hoffentlich freust du dich!«

Lorain Streen bewohnte ein Apartment in einem Hochhaus in Queens. Call fand eine Parklücke. Er nahm Lorains Koffer und außerdem eine Aktentasche, die sein Rasierzeug, einen

Schlafanzug und seine Zahnbürste enthielt. Mit dem Lift fuhren sie nach oben.

Das Apartment des Mädchens trug die Nummer K 25. Call schloß auf, denn Lorain hatte ihm für die Dauer ihrer Abwesenheit den Schlüssel gegeben. In der Diele drehte sich das Mädchen dreimal um die eigene Achse. »Ach, Frank, es hat sich nichts verändert.« Sie ließ sich in seine Arme fallen. »Ich habe mich so oft nach dir gesehnt«, flüsterte sie. Er küßte sie, hob sie auf und trug sie durch den Raum auf die Couch.

»Halt! Noch nicht!« Sie machte sich frei. »Du mußt mein Geschenk bewundern!«

Sie öffnete den Koffer und befahl: »Schließ die Augen! Öffne sie erst wieder, wenn ich es dir erlaube.«

»Jetzt!« befahl Lorain.

Frank Call öffnete die Augen und blickte auf einen messingfarbenen, ungefähr handspannhohen, lächelnden Buddha. Lorain hängte sich an ihn. »Gefällt er dir, Frank? Du hast dir doch immer einen Buddha für die asiatische Ecke deines Zimmers gewünscht.«

»Er ist wunderbar«, bestätigte Frank. »Woher hast du ihn?«

»Aus einem Andenkengeschäft. Sie werden auf Formosa hergestellt. Der Verkäufer sagte mir, sie würden aus dem Erz alter Tempelgongs gegossen.«

Call hatte vor Jahren für seine Firma auf Formosa gearbeitet. Er hatte, wie Lorain es ausdrückte, die asiatische Ecke seines Zimmers mit Erinnerungsstücken dekoriert. Die Buddhafigur würde gut zu diesen Gegenständen passen. »Wirklich großartig sieht er aus«, versicherte er und nahm die Figur in die Hand. »He, wie schwer er ist!« Er faßte auch mit der zweiten Hand zu.

Das Mädchen küßte seine Wange. »Habe ich das Richtige getroffen, Frankie?«

Er stellte die Figur auf den Tisch zurück. »Genau, Darling.« Er zog sie an sich. »Aber wichtiger und schöner als alles andere ist es, daß du wieder hier bist.« Als er sie zur Couch trug, setzte sie ihm keinen Widerstand entgegen. »In Hawaii habe ich mir immer gewünscht, mit dir im Sand zu liegen,

Frank«, flüsterte sie. »Nachts – wie die Eingeborenen!«

Drei Stunden später verließ Frank Call das Apartment K 25. Er fuhr mit dem Lift hinunter, ging zu seinem Wagen und warf die Aktentasche auf die Rücksitze. Er steuerte den Wagen genau denselben Weg zurück zum LaGuardia-Airport. Er stellte den Chevrolet auf Parkplatz C ab. Aus dem Kofferraum nahm er sein Gepäck. Da er von Anfang an damit gerechnet hatte, daß der Abschied von Lorain bis zur letzten Minute dauern würde, hatte er seine Sachen mitgenommen. Er trug den Koffer zum Schalter seiner Fluggesellschaft, ließ ihn wiegen und nahm seine Bordkarte in Empfang. Den Wagenschlüssel steckte er in einen vorbereiteten Umschlag, den er dem Mädchen übergab. »Morgen wird ein Mr. Harley danach fragen. Bitte, händigen Sie ihm den Umschlag aus. Er enthält meinen Autoschlüssel. Mr. Harley wird während meiner Abwesenheit meinen Wagen benutzen.«

»In Ordnung, Mr. Call! Ich wünsche Ihnen einen guten Flug!«

Noch einmal eine Stunde später ging die Maschine, an deren Bord Frank Call saß, über dem Harlem-River auf Nordwestkurs.

Die Tür war durch eine neue ersetzt worden. Wieder stand der Name in Messingbuchstaben in Augenhöhe: Arthur Ranger. Ich läutete.

Die Tür wurde einen Spaltbreit geöffnet. Ich blickte in Burton Smith' quadratisches Bulldoggengesicht. »Okay, G-man, Art erwartet dich«, grunzte er. Er schloß die Tür, um die Sicherungskette zu lösen. Als er sie endgültig öffnete, kam Ranger mir mit ausgestreckter Hand quer durch die Diele entgegen.

»Hallo, G-man!« rief er. »Macht mir Spaß, dich wiederzusehen. Wann hast du uns laufenlassen müssen?«

Ich übersah die ausgestreckte Hand. »Vor genau zwei Wochen«, antwortete ich ruhig.

»Der Richter machte es billig; nur zehntausend Dollar für jeden als Kaution.«

»Uns interessiert die Frage, wer die Kaution gezahlt hat.«

»Traust du mir nicht zehntausend Dollar zu?«

»Nein, noch nicht mal tausend. Irgendwer hat die Scheine für dich hingeblättert.«

»Anscheinend gibt es noch Menschenfreunde, die sich der Opfer der Justiz annehmen«, lachte er. »Komm rein! Ich kann dir einen erstklassigen Scotch aus Glens Beständen anbieten.«

Er führte mich in das Wohnzimmer. In einem Sessel saß Harry Drew, der pferdegesichtige, knochige Gangster, dem ich die Hand zerschossen hatte. Die Hand war noch verbunden, der Arm lag in einer Schlinge. Als Drew mich erblickte, stand er mit einem Ruck auf und kam auf mich zu. Unmittelbar vor mir blieb er stehen und zischte mir ins Gesicht: »Du hast mich zum Krüppel geschossen, Schnüffler. Darüber reden wir noch.«

Er ging weiter.

Ranger rief ihm nach: »Bleib hier, Harry! Wir wollen mit dem G-man einen Versöhnungsschluck trinken.«

»Nur, wenn du Strychnin in sein Glas schüttest«, schrie Drew zurück.

»Laß den Scotch im Schrank! – Du hast Gardiners Nachfolge angetreten?« fragte ich Ranger.

»Warum sollte ich nicht in Glens Wohnung ziehen? Niemand erhebt Anspruch auf sein Eigentum, und Dankowsky hat alles für mich geregelt. Smith, Drew und noch ein paar Freunde haben eidesstattlich bestätigt, daß Glen mehrfach geäußert hat, alles, was er hinterließe, solle mir gehören. Damit hat der Anwalt meinen Anspruch gerichtlich durchgesetzt.« Er grinste dreckig. »Unser Land hat gute Gesetze, G-man, Gesetze, die es nicht erlauben, daß ein unschuldiger Mann festgehalten wird. Gesetze, die dafür sorgen, daß man seinen Freund beerben kann.«

»Eines Tages wirst du die Qualität unserer Gesetze wirklich erfahren, Ranger.« Die großen Fenstertüren zur Terrasse waren zurückgeschoben. Ich ging hinaus und trat an die Brüstung. Sechzehn Etagen tiefer lag der Innenhof des Hochhauses, kaum größer als eine Briefmarke. Nichts erinnerte mehr daran, daß dort unten ein Mann sein Geheimnis mit in den Tod genommen hatte.

Ranger folgte mir auf die Terrasse. »Habt ihr noch nicht herausgefunden, warum der Nigger Glen killte?«

»Er war kein Neger, sondern Hawaiianer.«

»Welchen Unterschied macht das? Jedenfalls war er dunkler als du und ich, G-man.«

»Er hat dich zum Nachfolger Gardiners gemacht, Art Ranger. Du warst nur ein Handlanger. Jetzt bist du selbst der Boß. Ich frage mich noch immer, ob du ihn geschickt hast?«

»Zum Teufel, nein! Glen und ich, wir waren Freunde.«

»Unter Gangstern gibt es keine Freundschaften.«

»Ich habe den Farbigen nicht zu Glen geschickt.«

»Vielleicht schickte ihn der Mann, der für dich und deine Leute die Kautionsdollars zahlte.«

»Das alles ist so vorbei wie der Schnee vom vergangenen Jahr, G-man. Glen ist tot. Der Farbige ist tot. Und du wirst wegen dieser Sache niemanden einsperren können.«

Ich tippte mit dem Zeigefinger auf den Mittelknopf seiner Jacke. »Du stehst jetzt oben auf meiner Wunschliste, Ranger. Warum packst du nicht aus? Gardiner beging seine Verbrechen im Auftrag und für Rechnung anderer Leute. Noch kannst du die schlimmsten Sachen ihm in die Schuhe schieben. Jedes Verbrechen, das die Gardiner-Nachfolgegang begeht, werden wir dir persönlich anrechnen.«

Er verlor seine gute Laune. »Warum willst du nicht glauben, daß ich heiße Sachen nicht anfasse?«

»Weil niemand dreißigtausend Dollar Kaution für ein Gangstertrio zahlt, ohne dafür ein paar Gegenleistungen zu erwarten.«

Er zog den Kopf zwischen die Schultern. Sehr langsam hob er eine Hand, bis zur Höhe des Jackenausschnittes. »Was meinst du damit?« fragte er mit zusammengebissenen Zähnen.

»Ich sehe, daß meine Warnung zu spät kommt.«

Er ließ die Hand fallen. »Verdammt, warum höre ich mir dein Geschwätz an, G-man? Ich dachte, du kämst zu mir, damit wir die alte Sache begraben könnten. Der Anwalt sagte mir, du könntest dafür sorgen, daß die ganze Anklage fallengelassen wird. Warum tust du es nicht? Du hast keine Chance, mich wegen Mordes vor Gericht zu bringen. Im schlechtesten Falle kommt Widerstand gegen die Staatsgewalt und fahrlässige Körperverletzung dabei heraus. Du erkennst schon an der Kautionshöhe, daß wir für den Richter kein fetter Bissen sind. Bei Mord hätte er hunderttausend Dollar für jeden von uns verlangt.«

»Der FBI will nicht nur den Mord an Gardiner, sondern Gardiners Verbrechen aufklären. Du wohnst in seiner Wohnung. Du kommandierst seine Leute, trinkst seinen Whisky. Wahrscheinlich trägst du auch seine Anzüge. Du hast seine Firma übernommen. Also wird der FBI sich mit dir beschäftigen, wie er sich mit Gardiner beschäftigt hätte, wenn er am Leben geblieben wäre. Du und ich, wir werden uns immer wieder begegnen.«

»Allmählich finde ich Harrys Wünsche für deine Gesundheit verständlich.«

»Falls Harrys Wünsche in Erfüllung gehen, Ranger, nützt das dir nichts«, antwortete ich lächelnd. »Der FBI wird einen anderen Mann auf deine Fährte setzen, und er wird dich zur Strecke bringen.« Ich verließ die Terrasse, durchquerte den Wohnraum und fuhr mit dem Lift hinunter und ging zum Jaguar. Das Ruflicht flackerte. Ich meldete mich. »Der Chef bittet dich, sofort ins Hauptquartier und in sein Büro zu kommen«, informierte mich der Kollege in der Sprechfunkzentrale.

In Mr. Highs Büro saß unter der großen, von innen beleuchteten Glaskarte New Yorks ein drahtiger Mann von ungefähr vierzig Jahren. Er hatte dünnes, blondes Haar und leicht entzündete Augenränder wie viele Leute, die zu wenig Schlaf bekommen. »Das ist Detective Lieutenant Randolph Kelly, von der Queens-Mordkommission«, stellte Mr. High, Chef des FBI-Distrikts New York, vor. »Lieutenant, erzählen Sie bitte Jerry Cotton, warum Sie zu uns kamen.«

»Vor zehn Tagen passierte in meinem Bezirk ein übler

Mord. Ein Mädchen wurde in seiner Wohnung vergewaltigt und umgebracht; eine fünfundzwanzigjährige Stenotypistin, die in der Nacht, in der es geschah, gerade von einem Urlaub aus Hawaii zurückgekommen war.«

»Aus Hawaii?«

»Genau! Sie hatte eine der üblichen Pauschalreisen mitgemacht.«

»Veranstaltet vom Reisebüro ›Haddican's World Service‹?«

Lieutenant Kelly blickte mich überrascht an. »Kennen Sie den Fall, G-man?«

»Nein, aber wir bearbeiten einen Mord mit gewissen Parallelen. Bitte, sprechen Sie weiter, Lieutenant!«

»Wir fanden sehr rasch heraus, daß das Mädchen von einem Freund am Flughafen in Empfang genommen und in sein Apartment gebracht worden war. Der Mann heißt Frank Call. Er arbeitet als Ingenieur in der Firma, in der das Mädchen als Stenotypistin angestellt war. Call flog in der gleichen Nacht nach Alaska, und dort ließen wir ihn verhaften und nach New York zurückbringen.« Er strich sich durch das dünne Haar. »Ich glaubte, den richtigen Mann erwischt zu haben, und machte mich daran, ein Geständnis aus ihm herauszuholen. Er leugnet noch immer, und ich bin nicht mehr absolut sicher, daß er den Mord beging.«

»Wie hieß das Mädchen?«

»Lorain Streen.«

»Haben Sie ein Bild?«

Er öffnete eine Aktenmappe und entnahm ihr einen Ordner, der Protokolle, Untersuchungsberichte und Fotos des Tatortes und der Toten enthielt. Nur ein Bild zeigte das Mädchen zu Lebzeiten, ein nettes, blondes Girl mit einem etwas ausdruckslosen Gesicht. »Call war bis ungefähr Mitternacht in der Wohnung«, sagte der Detective Lieutenant. »Das Verbrechen wurde erst nach vierundzwanzig Stunden entdeckt. Der Gerichtsmediziner nannte die Zeit zwischen Mitternacht und etwa sechs Uhr morgens als mögliche Tatzeit. Ich kam zu Ihrem Chef, um durch den FBI feststellen zu lassen, ob irgendwo in den Staaten ungeklärte Sexualverbrechen begangen wurden, die ähnliche Merkmale aufweisen wie dieser Fall. Sie sagten, daß Sie einen Mord untersuchen, der Parallelen zeigt?«

»Nicht solche, wie Sie annehmen, Lieutenant. Der Ermordete war ein Mann, und sein Mörder war zweifellos schon tot, als das Mädchen umgebracht wurde. Aber auch unser Mann hatte seine Ferien in Hawaii verbracht.«

Kelly verbarg nicht seine Enttäuschung. »Vielleicht nur ein Zufall, G-man?«

»Okay. Versuchen wir herauszufinden, wieviel daran Zufall und wieviel Übereinstimmung ist.« Ich wandte mich an Mr. High. »Falls Sie einverstanden sind, Sir?«

Der Chef nickte. »Lieutenant, wir sind Ihnen dankbar, daß Sie zu uns gekommen sind.«

Kelly lächelte. »Wenn ich den Mord nicht aufklären kann, wäre der Fall ohnedies eines Tages bei Ihnen gelandet.«

»Sitzt Frank Call in Untersuchungshaft?« Kelly nickte. »Die Wohnung des Mädchens ist noch versiegelt?«

»Selbstverständlich!«

»Ich möchte die Wohnung sehen und den Mann sprechen. Können Sie ihn in die Wohnung bringen lassen?«

»Kann ich mit meinem Assistenten telefonieren?« Er führte das Telefongespräch, verabschiedete sich von Mr. High, und wir fuhren im Jaguar nach Queens. Kelly dirigierte mich zu einem Apartmenthaus in der Skilman Avenue. Wir fuhren im Lift zum Floor K. Der Lieutenant entfernte das Siegel von der Tür des Apartments 25. Dann schloß er auf.

»War die Tür verschlossen, als man das Mädchen fand?« fragte ich.

»Ja. Lorain Streen wurde vom Büro ihrer Firma vermißt. Der Bürochef fragte beim Reisebüro an und erfuhr, daß sie planmäßig in New York angekommen war. Daraufhin unterrichtete er die Hausverwaltung. Die Tür wurde in Gegenwart eines Polizisten vom Hausmeister mit dem Reserveschlüssel geöffnet. Dieser Umstand belastete übrigens den Freund des Girls. Er besaß einen Schlüssel zum Apartment.«

Die Diele war winzig. Ein Regenmantel aus grellrotem

Kunststoff schaukelte an einem Haken der Garderobe. Im Wohnraum stand eine Doppelcouch, die auch als Bett gedient hatte. Kopfkissen und Laken lagen noch darauf.

»Welche Todesursache?«

»Sie wurde erwürgt.«

»Es steht fest, daß sie vorher vergewaltigt wurde?«

»Sie sahen doch die Fotos, G-man. Daran ist nicht zu zweifeln.« Ich blickte mich in dem Wohnraum um. Die Einrichtung war Dutzendware. Lieutenant Kelly wies auf einen Koffer aus imitiertem Krokodilleder, dessen Deckel hochstand. »Sie sehen, sie hat nicht einmal ihr Feriengepäck vollständig ausgepackt.«

»Haben Sie Spuren von Fremden gefunden?«

»Nur von Frank Call. Er hat nie geleugnet, in der Wohnung gewesen zu sein.«

Fünf Minuten nach uns betrat eine Gruppe Männer die Wohnung: Kellys Assistent, zwei uniformierte Cops und zwischen ihnen, an beide mit Handschellen gekettet, ein mittelgroßer, dunkelhaariger Mann von ungefähr achtundzwanzig Jahren, dessen Nerven sich offensichtlich in schlechter Verfassung befanden.

»Warum lassen Sie mich wieder herbringen?« schrie er den Lieutenant an. »Begreifen Sie nicht, daß es mich verrückt macht, in dem Zimmer zu stehen, in dem Lorain . . .« Er konnte nicht weitersprechen.

»Lassen Sie bitte die Handschellen aufschließen!« bat ich Kelly. Er nickte seinem Assistenten zu, der einen Schlüssel aus der Tasche zog und die Handschellen, die Frank Call an die Polizisten fesselten, löste. Ich bot dem Ingenieur eine Camel an. »Ich bin Jerry Cotton, FBI-Agent«, sagte ich. »Es ist möglich, daß die Ermordung Lorain Streens in Zusammenhang mit anderen Verbrechen steht. Darum interessiert sich der FBI für den Fall. Das bedeutet nicht, daß ich Sie im vorhinein für unschuldig halte, Mr. Call.«

»Ich habe Lorain nicht umgebracht!« schrie er. »Glauben Sie, ich wäre mit einem Mord auf dem Gewissen friedlich nach Alaska geflogen und hätte meine Arbeit angetreten an einem Platz, von dem mich die Polizei nur abzuholen brauchte?«

»Immer langsam, Call!« mischte sich Kelly sein. »Ich sagte Ihnen schon, daß Sie auch ganz bewußt den arg- und harmlosen braven Jungen gespielt haben können. Was hätten Sie auch anders machen sollen? Wären Sie getürmt, so wäre der Verdacht erst recht und mit voller Wucht auf Sie gefallen.«

Call vergrub aufstöhnend das Gesicht in den Händen. Ich tippte ihm auf die Schulter. »Rauchen Sie eine, und fangen wir dabei von vorn an. Wann haben Sie Lorain Streen abgeholt?«

»Ihre Maschine landete um acht Uhr abends auf dem LaGuardia-Hafen.«

»Wann waren Sie in dieser Wohnung?«

»Etwa eine Stunde später.«

»Brauchten Sie eine volle Stunde für die Fahrt? Oder hielten Sie sich irgendwo auf?«

»Lorain wollte unbedingt ihren Koffer mitnehmen.«

»Dauerte es so lange, den Koffer zu bekommen?«

»Länger als gewöhnlich. Das Reisebüro übernimmt normalerweise die Gepäckzustellung. Deshalb mußte ich Lorains Koffer heraussuchen lassen. Ich gab dem Verwalter ein Trinkgeld. Wahrscheinlich erinnert er sich daran.« Call rauchte in hastigen Zügen. »Das alles habe ich auch schon dem Lieutenant erzählt.«

»Wie lange blieben Sie in dieser Wohnung?«

»Ungefähr drei Stunden. Lorain und ich waren sehr befreundet, G-man. Wir hatten uns drei Wochen nicht gesehen, und da ich nach Alaska abkommandiert war, würden wir uns weitere sechs Wochen nicht begegnen. Ich glaube, Sie wissen, was unter solchen Umständen zwischen einem Mädchen und einem Mann geschieht. Als ich die Wohnung verließ, schlief Lorain, und ich hielt es nach diesen drei Stunden für überflüssig, sie für einen Abschiedskuß zu wecken. Ich nahm meine Sachen und ging.«

»Sie hatten Ihre eigenen Sachen mit heraufgebracht?«

»Ja, eine Zahnbürste, einen Pyjama und so weiter.«

»Warum hatte Miß Streen Hawaii als Urlaubsziel gewählt?«

»Sie schwärmte für Sonne, Wasser und garantiert wolkenlosen Himmel. Sie war vorher in Florida gewesen, und ich nehme an, daß irgendeine Reklame sie auf Hawaii brachte.«

»Warum wollte Miß Streen nicht warten, bis das Reisebüro ihr Gepäck zustellte?«

»Sie hatte ein Geschenk für mich mitgebracht, und sie wollte es mir unbedingt zeigen, bevor ich nach Alaska flog.«

»Was für ein Geschenk war es?«

»Dort steht es«, antwortete er und wies auf die ungefähr handhohe Figur eines lächelnden Buddhas.

»Sie haben es nicht mitgenommen?«

»Nein, das Ding ist ziemlich schwer. Mein Koffer war schon gepackt, und ich hatte keine Zeit mehr, zu Hause vorbeizufahren.«

Ich ging zum Tisch und hob die Figur auf. »So besonders schwer finde ich sie nicht«, sagte ich und warf sie Call zu, der sie auffing. Er wog sie in der Hand. »Ich habe sie schwerer in Erinnerung«, gab er zu. »Darf ich sie behalten? Sie ist Lorains letztes Geschenk für mich.«

»Später. In jener Nacht haben sie die Buddha-Figur angefaßt?«

»Selbstverständlich. Wie sollte ich sonst wissen, wie schwer sie war? Außerdem wollte Lorain, daß ich ihr Geschenk bewunderte.«

Ich wandte mich an Lieutenant Kelly. »Ich sah im Hauptquartier, daß Sie die übliche Liste der Gegenstände, von denen Ihre Leute Fingerabdrücke nahmen, angelegt haben. Darauf war auch diese Figur verzeichnet. Bitte, sehen Sie nach, welche Abdrücke man daran festgestellt hat.«

Kelly nahm die Liste aus seiner Mappe. »Nummer 14. Metallfigur eines Buddhas. Keine brauchbaren Prints. Nur verwischte Abdrücke unterschiedlicher Größe.«

Ich ging zu Call und nahm ihm die Figur aus der Hand. »Sind Sie sicher, daß es dieser Buddha war, den Miß Streen Ihnen mitbrachte?«

»Er sah genau so aus«, antwortete er.

Ich betrat das Reisebüro. Bevor irgendeines der anderen Mädchen mich ansprechen konnte, steuerte ich Cynthia Haddicans Schreibtisch an. Auf der Kante des Schreibtisches saß eine merkwürdige Gestalt, ein großer, sonnengebräunter Mann, dessen langes graues Haar tief in den Nacken fiel. Er trug einen angeschmutzten, weißen Tropenanzug, Leinenschuhe an den Füßen, und der Kragen seines Hemdes stand offen. Er redete auf Cynthia ein. Ihr machte es anscheinend nicht viel Freude, ihm zuzuhören, denn sie lehnte sich so weit wie möglich auf ihrem Stuhl zurück.

»Hallo, Miß Haddican!« sagte ich. Sie stand sofort auf. »Guten Tag, Mr. Cotton!«

Der Grauhaarige sah mich an. Er hatte ein großes Gesicht mit gedunsenen Wangen, feuchten Lippen und vorquellenden, fahlblauen Augen, in denen das Weiße sich gelb verfärbt hatte. Er stand von der Schreibtischkante auf. Jetzt zeigte sich erst, wie riesig er gewachsen war. Er überragte mich um einen halben Kopf. Die Brust wölbte sich wuchtig unter dem Hemd, aber kaum weniger eindrucksvoll wölbte sich sein Bauch über dem Gürtel, der nachlässig die Hose unter dem Nabel an ihrem Platz hielt. Als ich auf zwei Schritte an ihn herankam, roch ich deutlich den Whiskydunst, der von ihm ausging.

»Ich möchte Ihre Mutter sprechen, Miß Cynthia.«

»Tut mir leid, G-man. Meine Mutter befindet sich auf einer Geschäftsreise.«

»Sie sind G-man?« fragte der Grauhaarige. Seine Stimme war ein schwerer, rauher Baß. Ich nickte. Er streckte mir seine große Pranke hin. »Netter Beruf, für den ich mich immer interessiert habe. Mein Name ist Robert Callahan.« Er machte eine kleine, erwartungsvolle Pause.

»Muß man Sie kennen, Mr. Callahan?«

Er lachte dröhnend. »Wäre verdammt schön! Schriftsteller leben davon, daß sie bekannt sind und ihre Bücher gekauft werden. Aber ich kann nicht behaupten, daß es bei mir der Fall ist. Die Bücher, die ich geschrieben habe, verschimmeln in den Kellern des unglücklichen Verlages, der sie druckte.« Er machte eine wegwerfende Handbewegung. »Ich spucke auf den Erfolg. Auf den Inseln läßt sich billig leben, wenn man sich dem Stil der Eingeborenen anpaßt. Außerdem läßt mich die Mutter unserer traumschönen Cynthia von Zeit zu Zeit ein paar Dollars verdienen.«

»Mr. Callahan arbeitet in Honolulu als Reiseführer für unser Büro«, erklärte Cynthia.

»Nur Gelegenheitsarbeit, wenn ich niemanden mehr finde, der mir einen Whisky spendiert.«

»Warum kamen Sie nach New York, Mr. Callahan?«

»Ich bin auf der Suche nach einem Verleger, der bereit ist, mir einen Vorschuß auf mein nächstes Buch zu zahlen, obwohl ich noch keine fünf Seiten geschrieben habe. Von Cynthias Mamie hoffte ich einen kleinen Überbrückungskredit zu erhalten. Schade, daß sie nicht da ist.«

»Leben Sie schon lange auf Hawaii?«

»Nicht auf Hawaii, sondern in Honolulu, und das liegt, auf der Insel Oahu.«

»Wenn Sie für Haddican's World Service arbeiten, Mr. Callahan, sind Sie vielleicht einem Kunden des Büros begegnet. Er hielt sich vor einem Monat in Honolulu auf. Sein Name war Glendon Gardiner.«

»Ich merke mir nie Namen. Falls Sie mir sagen können, wie hoch das Trinkgeld war, das er mir gab, würde ich mich vielleicht an ihn erinnern können.« Er belachte seinen Witz ausgiebig. Ich zeigte ihm ein Foto Gardiners. Er schüttelte den schweren Schädel. »Keine Ahnung!«

»Wir möchten außerdem etwas über einen Eingeborenen erfahren. Hier ist sein Bild!«

Callahan warf einen Blick auf das Foto und erschrak. »Der Mann ist tot?«

»Ja, es ist eine Aufnahme, die wir von ihm machten, als er schon tot war. Wir haben kein anderes Bild. Er hieß Malaoh Hakaulai, und er war es, der Glendon Gardiner umbrachte.«

Der Schriftsteller gab mir das Bild zurück. »Tut mir leid, G-man, aber ich kenne ihn nicht.« Er wandte sich an Cynthia Haddican. »Wann kommt Ihre Mutter zurück?«

»Ich weiß es nicht genau, Mr. Callahan.«

»Okay, ich werde anrufen. Wiedersehen, G-man! Wenn Sie mal nach Honolulu kommen, besuchen Sie mich. Fragen Sie nach Whisky-Robbie. Jeder kann Ihnen sagen, wo Sie mich finden.«

Er schob beide Hände in die Jackentaschen und verließ das Reisebüro. Sein schwerfälliger Gang erinnerte an das plumpe Watscheln einer Robbe an Land.

»Wollen wir in das Chef-Office gehen?« fragte Cynthia.

»Okay. Bitte nehmen Sie alle Unterlagen über die Touristengruppe mit, die Ihr Büro mit dem Charter-Flug 244 von Honolulu über Frisco nach New York zurückbeförderte.«

»Der Ordner steht im Büro meiner Mutter.«

Sie führte mich in das Chefbüro, in dem ich meine erste Unterredung mit Helen Haddican geführt hatte. Cynthia nahm den Aktenordner aus dem Regal.

»Eine der Teilnehmerinnen hieß Lorain Streen.«

Sie blätterte in dem Ordner. »Richtig! Buchungsnummer F 22o5. Drei Wochen, Klasse D im Pacific-Sunrise-Hotel.«

»Pacific-Sunrise?« wiederholte ich. »Ist es dasselbe Hotel, im dem Gardiner wohnte?«

Cynthia nickte. »An diesem Hotel sind wir finanziell beteiligt.«

»Wieviel Personen nahmen an dem Flug teil?«

»Einhundertzwölf ab Honolulu. Nach der Zwischenlandung in Frisco flogen nur noch vierundsiebzig nach New York weiter.«

»Was geschah mit dem Gepäck?«

»Es wurde in der üblichen Weise abgefertigt.«

»Erklären Sie mir diese übliche Weise der Abfertigung.«

»Ein Flughafenspediteur holt das Gepäck ab und bringt es in unsere Lagerhalle.«

»Wo ist diese Lagerhalle?«

»Berrain Boulevard, ganz in der Nähe des Flughafens.«

»Wie verteilen Sie das Gepäck?«

»Ebenfalls durch eine Speditionsfirma, mit der wir einen Vertrag haben.«

»Hat Miß Streen ihren Koffer erhalten?«

Sie blätterte in dem Ordner, bis sie eine Liste fand. »Anscheinend ja«, bestätigte sie. »Der Empfang wurde quittiert.«

»Wie lange lagert das Gepäck in der Halle, bis es verteilt wird?«

»Das richtet sich nach der Ankunftszeit der Flugzeuge. Wenn sie am Morgen landen, wird das Gepäck noch am gleichen Tage verteilt; bei einer Nachtlandung erst am folgenden Tag.«

»Wer hat Zutritt zur Halle?«

Sie lächelte. »Zum Beispiel ich.«

»Ich nehme nicht an, daß Sie das Gepäck eigenhändig aus- und einladen.«

»Das besorgen die Männer der Spedition.«

»Okay, aber irgendein Beauftragter Ihrer Firma muß es in Empfang nehmen, nachzählen, usw.«

»Wir haben einen Hallenverwalter. Er heißt Warren Thode und arbeitet seit zwei Jahren für uns. Er wohnt in einem kleinen Anbau, so daß er zu jeder Zeit Gepäcklieferungen annehmen kann. Das ist wichtig. Sie wissen, wie oft Flüge in New York verspätet landen.«

»Ich möchte mit ihm sprechen. Wollen Sie mitfahren?«

»Tut mir leid, Mr. Cotton, aber in Mutters Abwesenheit muß ich hier die Chefin spielen. Ich werde Sie bei Warren anmelden.«

Der Berrain Boulevard stößt auf die Umzäunung von LaGuardia Airport. Einige Dutzend Speditionsunternehmen unterhalten hier Lagerhäuser für Luftfrachtgüter, meistens nicht sehr große Flachbauten mit einem kleinen Anbau für die Büros. Über dem Eingangstor des sechsten Hauses an der Ladestraße entdeckte ich die Aufschrift: Haddican's World Service.

Die Halle erhielt ihr Licht durch große Dachfenster. Sie war sauber, die Wände geweißt, der Betonboden sorgfältig gefegt. Kleine, vierräderige Gitterwagen, wie sie beim Be- und Entladen von Flugzeugen benutzt werden, standen an den Wänden. Ein Mann im Sattel eines Hubstablers hob mit dem Gerät

Kisten aus einem Regal und verlud sie auf einen Wagen. Eine Zigarette qualmte zwischen seinen Lippen. Als er mich sah, stellte er den Hubstabler ab und sprang aus dem Sattel.

»Sind Sie ein Schnüffler?« fragte er voller Feindschaft. »Miß Haddican rief mich an und sagte, Sie wollten hier herumschnüffeln. Hören Sie zu, Mann! Für mich gelten nur die Befehle von Mrs. Haddican, nicht die ihrer Tochter. Zeigen Sie mir einen Haussuchungsbefehl, oder ich werde nicht dulden, daß Sie Ihre Nase hier in jeden Winkel stecken.«

»Ihr Name ist Warren Thode, nicht wahr?« Er nickte. »Hatten Sie schon mal mit der Polizei zu tun, Mr. Thode?« fragte ich sanft.

Er nahm den Zigarettenrest aus dem Mund, zerdrückte die Glut zwischen Daumen und Zeigefinger und barg den Stummel in einer Blechschachtel, die er aus den Tiefen seines Overalls holte. Als er sie öffnete, sah ich, daß sie voller Zigarettenreste war. Aus einer der anderen Tasche angelte er eine Pakkung und zündete sich umständlich eine neue Zigarette an. Als sie zwischen seinen Lippen qualmte, starrte er mich herausfordernd an. »Wollen Sie noch etwas, G-man?«

»Ich wette, Sie hatten schon einmal Schwierigkeiten mit der Polizei, Thode«, stellte ich fest. »Sie hassen Polizisten.«

Er zuckte die Achseln und kletterte auf den Hubstabler. Ich folgte ihm, legte eine Hand auf seinen Arm. »Ich habe Ihnen Fragen zu stellen, die im Zusammenhang mit der Ermordung eines Mädchens stehen. Wollen Sie antworten?«

»Ich habe niemanden umgebracht!« schrie er und startete den Elektromotor des Stablers. Er setzte die Maschine zurück, hieb den Vorwärtsgang hinein und steuerte den Stapler genau auf mich zu. Die beiden Tragbalken, auf denen die Kisten standen, waren wie übergroße, plumpe Speere gegen mich gerichtet. Im Fahren betätigte Thode den Hubmechanismus. Die Stahlträger glitten nach oben. Ihre Spitzen zielten auf meine Brust.

»Gehen Sie aus dem Weg!« brüllte der Mann mich an. Ich blieb stehen. Er trat hart auf die Bremse des Staplers, beugte sich vor. In seinen Augen funkelte der nackte Haß. »Auch

G-men können bei einem Unfall sterben, oder?« zischte er. »Wenn Ihnen die Kisten auf den Kopf fallen . . .«

»Wäre es ein Mordversuch! Thode, ich werde herausfinden, warum Sie vor Wut auf die Polizei beinahe platzen. Es ist idiotisch, nicht mit mir reden zu wollen. Ich werde wiederkommen, und ich werde dann sehr viel besser über Sie Bescheid wissen als jetzt.«

Ich fuhr ins Hauptquartier und sprach mit dem Chef unseres Archivs. »Ich suche einen Mann, der Warren Thode heißt!«

Ein kurzer Blick ins zentrale Namensregister genügte. »Haben wir nicht, Jerry!«

»Fangen wir es andersherum an! Alter vierzig bis fünfundvierzig Jahre. Größe etwa fünf Fuß drei Zoll. Gewicht zwischen einhundertsechzig und einhundertundsiebzig Pfund. Mageres Gesicht, braune Augen, längliche Nase und . . .« Ich gab ihm eine genaue Beschreibung. Er verwandelte die Angaben in Lochungen auf einer Lochkarte und fütterte den Karteicomputer damit. Innerhalb einer halben Stunde druckte der Computer eine lange Liste mit Archivnummern.

»Bitte, laß mir die Jungs vorführen.«

Zwei Stunden lang flimmerten über die Leinwand in unserem Vorführraum, jeweils in dreifacher Ausfertigung, die Gesichter kleiner, größerer und großer Gauner. Ich betätigte den Stopknopf erst bei einem der letzten Bilder. Der Name war mit William Theane angegeben; Warren Thode hatte die Anfangsbuchstaben beibehalten.

»Schickt mir seine Akte ins Büro!« bat ich.

Ich traf Phil in unserem Büro. Er war in prächtiger Laune. »Ich habe meinen Fisch gelandet«, sagte er. »Genau betrachtet paßt der Vergleich nicht. Ronzio ist nicht ein Raubfisch, sondern mehr ein schleimiges, heimtückisches Biest, etwa ein Aal oder eine Muräne. Er benutzte Jugendliche für seine schäbigen Geschäfte.« Phil jagte seit drei Wochen einen Gangster auf der Westseite, von dem wir wußten, daß er Rauschgifte verkaufte. Jetzt hatte er ihn zur Strecke gebracht. »Wie steht's bei dir?« erkundigte er sich.

»Ich trete auf der Stelle. Art Ranger sitzt in Gardiners Wohnung. Über den Hawaii-Matrosen konnte uns die State Police von Honolulu lediglich mitteilen, daß der Mann als Matrose arbeitete, unverheiratet war und vorher nie straffällig wurde. Seit heute verfolge ich eine neue Fährte: den Mord an einem Mädchen, das gerade von einem Ferienaufenthalt aus Honolulu zurückgekommen war.«

Eines der Mädchen, das im Archiv arbeitet, brachte die Akte: William Theane.

Theane war zwar ein langjähriger, aber wenig erfolgreicher Gangster. In unserem Archiv wurde er notiert, weil er vor rund zwanzig Jahren Fahrer eines Gang-Bosses gewesen war. Davon abgesehen, setzte sich seine Laufbahn aus einigen Einbruchserien und Dienstleistungen für Gang-Organisationen zusammen. Zuletzt war er vor fünf Jahren gefaßt und verurteilt worden. Seitdem hatte er anscheinend die Finger von heißen Sachen gelassen, falls er nicht bis über die Ohren in diesem Fall steckte.

Ich rief Lieutenant Kelly von der Queens-Mordkommission an. »Lieutenant, würden Sie dem FBI die Buddha-Figur für einige Zeit überlassen?«

»Haben Sie etwas herausgefunden?«

»Genau betrachtet, Lieutenant, noch nichts, worüber es sich zu reden lohnt.«

»Den Dicken schicke ich Ihnen sofort durch einen Beamten.«

Ich legte auf. »Buddhafigur?« fragte Phil. »Antik und kostbar aus Smaragd geschnitten?«

»Japanische Massenware, aus Messing gegossen. Das Mädchen brachte die Figur seinem Freund mit. Wenn dir jemand ein Geschenk mitbrächte, würdest du es in die Hand nehmen?«

»Sehr wahrscheinlich.«

»Auch der Freund behauptet, die Figur in der Hand gehalten zu haben, aber Kellys Spezialisten entdeckten darauf weder seine noch die Prints des Mädchens.«

Das Telefon läutete. Ich meldete mich und hörte eine

Stimme, die tief genug klang, daß ich sie zunächst für eine Männerstimme hielt. Es war aber die Chefin des Reisebüros. »Hier spricht Helen Haddican«, sagte sie. »Ich telefonierte mit Cynthia und erfuhr von ihr, daß Sie Nachforschungen in unserer Firma durchführen. Hören Sie, Mr. Cotton! Ich halte es für geschäftsschädigend, wenn sich herumspricht, daß der FBI sich ständig um ›Haddican's World Service‹ kümmert.«

»Tut mir leid, Mrs. Haddican, aber solange Menschen aus ungeklärten Gründen umgebracht werden, wenn sie von einer bei Ihnen gebuchten Reise zurückkommen, müssen wir uns für Ihren Laden interessieren. Das sollten Sie einsehen.«

»Ich werde morgen oder übermorgen wieder in New York sein. Können Sie bis dahin warten?«

»Untersuchungen in Mordfällen lassen sich nicht aufschieben.«

»Zum Teufel, G-man, Sie werden nicht behaupten, daß irgend jemand aus meiner Firma ernsthaft in einen Mord verwickelt wäre.«

»Wo befinden Sie sich jetzt, Mrs. Haddican?«

»Warum wollen Sie das wissen?«

»Weil ich mit meinem Chef sprechen werde und Sie danach anrufen will.«

»Atlantic City.« Sie nannte eine Telefonnummer. »Unter dieser Nummer können Sie mich erreichen.«

»Es wäre gut, wenn sie möglichst bald nach New York kämen, Mrs. Haddican. Wir möchten mit Ihnen über bestimmte Maßnahmen sprechen, mit denen Sie uns unterstützen könnten.«

»Okay, aber ich muß vorher meine Geschäfte erledigen. Mein Firma hält sich nicht selbst in Gang. Ich muß mich schon ein wenig darum kümmern.« Sie unterbrach grußlos die Verbindung. Allem Anschein nach war sie mächtig wütend.

Zehn Minuten nach diesem Telefongespräch brachte ein uniformierter Polizist die Buddha-Figur. Ich ging damit zu Mr. High. Phil begleitete mich. Ich stellte die Figur auf den Schreibtisch des Chefs. Mr. High nahm sie in die Hand und blickte auf die Unterseite. »Made in Japan«, las er. »Welche Bedeutung hat sie?«

»Wenn es bei der Ermordung Lorain Streens ein Rätsel gibt, wenn dieser Mord etwas anderes ist als ein übles Sexualverbrechen, dann liegt das Geheimnis in dieser Figur, Sir. Lorain brachte die Figur als Andenken ihrem Freund mit, aber nicht die Figur, die Sie im Augenblick in den Händen halten. Die Panne passierte, als das Mädchen sich seinen Koffer vorzeitig aushändigen ließ. Aus irgendeinem Grund mußte die Figur, die ihr Koffer enthielt, ausgetauscht werden. Im Normalfall wäre das geschehen, bevor das Gepäck den Teilnehmern des Fluges zugestellt wurde. Lorain Streen hatte ihren Koffer sofort mitgenommen. Sie hatte ihn ausgepackt, und der Buddha stand bereits in ihrem Zimmer. Die Männer, die in ihre Wohnung eindrangen, um die Figuren auszutauschen, töteten sie.«

»Ist das mehr als eine Theorie?« fragte Mr. High.

»Es gibt keine Beweise für meine Vermutungen. Die Fingerabdrücke können auch auf andere Weise abgewischt worden sein.«

»Haben Sie einen Vorschlag, auf welchem Weg wir weiterkommen können?«

»Wir untersuchen das Gepäck der Touristen, die mit dem nächsten Haddican-Trip aus Hawaii zurückkommen.«

»Dazu sind wir nur berechtigt, wenn uns die Leute die Erlaubnis geben.«

»Wir werden sie fragen. Nach einer Landung lassen wir die Passagiere in einen Raum führen, zeigen ihnen den Buddha und bitten jeden, der eine solche Figur gekauft hat, sich seinen Koffer aushändigen zu lassen und ihn zu öffnen.«

»Wann wurde das Mädchen ermordet?« fragte Mr. High.

»Vor zehn Tagen.«

»Zeit genug für die Gangster, jede weitere Aktion abzublasen, falls es solche Aktionen überhaupt jemals gegeben hat. Versuchen Sie trotzdem Ihr Glück, Jerry.«

Er wandte sich an Phil. »Am besten arbeiten Sie mit Jerry zusammen, Phil.«

»In Ordnung, Sir, aber ich brauche noch einen Tag für den Abschluß der Berichte über den Ronzio-Fall.«

Also fuhr ich allein. Zunächst zur 14. Straße. Es war sechs Uhr abends, als ich zum zweitenmal an diesem Tag die Räume von Haddican's World Service betrat. Die Reisebüros rechnen mit den Angestellten der großen Organisationen im Herzen Manhattans als Kunden. Aus diesem Grunde halten sie ihre Büros bis in den Abend hinein offen.

Cynthia Haddican zeigte ein besorgtes Gesicht. »Hat Mammy mit Ihnen gesprochen?« fragte sie. »Sie wurde schrecklich wütend, als ich ihr sagte, daß Sie hier gewesen wären.«

»Ja, ich weiß. Sie betrachtet mich als Geschäftsschädigung.«

Cynthia lächelte. »Sie befahl mir, Sie kurzerhand rauszuwerfen.«

»Das tat schon Ihr Lagerverwalter. Warren Thode verweigerte mir jede Antwort.«

Das Lächeln verschwand. »Ich hätte Sie warnen sollen, Mr. Cotton. Thode ist ein schwieriger Mann. Nur meine Mutter versteht es, ihn zu bändigen.« Sie blickte auf meine Hände. »Wollen Sie mir die Figur schenken?« fragte sie mit leisem Spott.

Ich stellte den Buddha auf den Tisch. »Lieber nicht. Als Glücksbringer hat er sich bisher nicht bewährt.«

»Sind Sie abergläubisch, Mr. Cotton? Solche Buddhas können Sie in ganz Asien als Andenken kaufen.«

»Auch in Honolulu. Diese Figur brachte eine Kundin Ihres Reisebüros mit.«

»Die chinesischen und japanischen Händler auf den Inseln führen solche Figuren in ihren Andenkenläden. Ich habe sie oft genug in den Schaufenstern gesehen.«

»Waren Sie oft auf Hawaii?«

»Mindestens ein dutzendmal. Unsere Charterflüge sind nicht immer ausverkauft. Wenn ein Platz frei bleibt, erlaubt mir meine Mutter hin und wieder einen Trip. Ich liebe die Inseln, aber nicht die großen mit ihren Besichtigungsfahrten, dem Touristenrummel und den Hula-Tänzerinnen in

Baströcken aus Kunststoff. Es gibt winzige, unbewohnte Inselchen im Archipel. Sie können sich von einem Hubschrauber darauf absetzen oder von einem Schiff hinbringen lassen.« Mit einer charmanten Geste überreichte sie mir einen bunten Prospekt. »Haddican's World Service bringt Sie schnell, sicher und preiswert in das Südseeparadies. Buchen Sie schon für unseren nächsten Flug!«

»Sagen Sie mir bitte, wann der nächste Charterflug Ihres Büros in New York ankommt.«

»Heute um Mitternacht.«

»Danke, Miß Cynthia.«

An der Tür, neben einem braunhäutigen Pappinsulaner, sah ich mich noch einmal um. Cynthia Haddican hielt den Telefonhörer in der Hand, und ihr Gesicht zeigte einen Ausdruck von Besorgnis.

Um Mitternacht stand ich neben einer Hosteß der National-Charter-Fly-Company. Flug 434, war gerade gelandet. Die Hosteß sprach in das Mikrofon. »Wir bitten die Passagiere des Fluges 434 sich in den Abfertigungsraum L zu begeben. Ich wiederhole: Die Passagiere des Fluges 434 werden gebeten, sich in den Abfertigungsraum L zu begeben. Bitte, folgen Sie Ihrer Ground-Hostess. Danke!«

Sie schaltete das Mikrofon aus. »Okay, Mr. Cotton! Sie können mit den Passagieren in Raum L sprechen.«

Jeder Flughafen verfügt über einige separate Räume, in denen wichtige Personen ungestört vom allgemeinen Rummel auf ihre Maschinen warten können oder in denen Filmstars, falls ihre Ankunft verregnete, Presseempfänge geben. Zwei Hostessen führten ungefähr achtzig Personen in einen solchen Raum.

Ich sprang auf einen Stuhl. »Ladys und Gentlemen! Ich bitte für drei Minuten um Ihre Aufmerksamkeit.« Ich hielt die Buddha-Figur hoch. »Hat jemand von Ihnen eine solche Figur gekauft und mitgebracht?«

Niemand antwortete. Unmittelbar vor mir knurrte ein Mann: »Wer kauft schon solchen Schund?«

Ich wiederholte meine Frage. Wieder erhielt ich keine Antwort, und der Mann, der fürchtete, in Quarantäne gesteckt zu werden, rief: »Können wir jetzt gehen?«

»Ja, danke! Bitte, entschuldigen Sie, daß ich Sie aufgehalten habe.«

Während die Touristen Raum L verließen, steckte ich die Figur in die Tasche und ging in die Haupthalle zurück. Ich war enttäuscht. Vermutlich war es diese Enttäuschung, die mich veranlaßte, noch nicht aufzugeben.

Ich ging in die Westhalle des Flughafenkomplexes, in dem die Gepäck- und Frachtabfertigung untergebracht war. Ein Gitter trennte die Halle vom Publikumsgang. Ich zeigte dem Chef des Nachtdienstes den FBI-Ausweis. Er öffnete eine Tür im Gitter und ließ mich in die Halle.

»Wir sind hier vorsichtig, G-man«, erklärte er. »Flugfrachtgüter enthalten oft Wertgegenstände. Außerdem verladen wir nicht selten Bargeld.«

»Mich interessiert das Gepäck von Flug 434 der National-Charter.«

»Das Touristengepäck aus Hawaii? Warten Sie ein wenig, es ist noch nicht reingekommen.«

Ein Dutzend Gitterwagen, mit Koffern hoch beladen, rollte bald darauf in die Halle, gezogen von einem Elektrokarren. »Das ist das 434er Gepäck«, erklärte der Verwalter.

Langsam ging ich die Reihe der Wagen entlang. »Was geschieht damit?«

Der Nachtdienstleiter blickte auf die Armbanduhr. »Ich denke, die Spedition holt die Ladung noch ab. Gewöhnlich kommt noch einmal ein Wagen um drei Uhr am Morgen.«

Ich dankte, verließ die Halle und ging zum Jaguar. Obwohl der Berrain Boulevard auf den Flughafen stößt, mußte ich doch um das gesamte Gebiet herumfahren, um die Straße zu erreichen. Ich stellte den Jaguar gute zweihundert Yard vor der Lagerhalle des Haddican's World Service in eine Seitenstraße und ging an der Reihe der Gebäude entlang.

In dem Haddican-Bau brannte Licht. Es war deutlich zu sehen, denn der Schein fiel durch die Dachfenster. Das Einfahrtstor war geschlossen.

Ich ging an den Bau heran. Drinnen dröhnte ein Radio oder ein Plattenspieler, dessen Lautsprecher bis zum Anschlag aufgedreht sein mußte.

Irgend etwas gefiel mir nicht mit der Musik. Sie war zu laut, und es paßte nicht zu einem mürrischen Typ wie Theane alias Thode, daß er sich eine Stunde nach Mitternacht mit dröhnendem Beat überschüttete. Abrupt endete die Platte. Ich hielt den Atem an, denn in der plötzlichen Stille hörte ich deutlich das Stöhnen eines Menschen. In der nächsten Sekunde setzte die nächste Nummer ein. Im Wüten der elektrischen Gitarren ging jeder andere Laut unter.

Lautlos lief ich bis zur Ecke, an der das Regenrohr vom Dach zur Erde führte. Ich fand Halt an ein paar Krampen, turnte hoch und erreichte fast mühelos das Flachdach. Die Fenster waren in der Mitte angebracht.

Das Teerdach war mit Kies beschüttet. Ich konnte es nicht verhindern, daß die Steine unter meinen Füßen knirschten.

Noch bevor ich die Fenster erreichte, brach die Musik ab. Gleichzeitig erlosch das Licht. Wie angenagelt blieb ich stehen. Ich hörte, wie das Stahlrohr zurückgeschoben wurde. Hastige Schritte klatschten auf dem Beton der Zufahrt. Ich lief bis zum Dachrand. Im Licht der Laternen auf der Ladestraße sah ich einen Mann, der schwankend in Richtung Berrian Boulevard lief. Er trug einen Overall, und ich zweifelte keine Sekunde daran, daß es sich um den Lagerverwalter handelte. Er schien angeschlagen, denn auf zwanzig Yard brach er zweimal in die Knie. Ich faßte die Dachrinne, ließ mich hinabgleiten, federte den Fall in den Kniegelenken ab und stand.

Mit zwei, drei Sprüngen erreichte ich die Zufahrt zwischen Ladestraße und dem Haddican-Bau. Die Torflügel waren weit zurückgeschoben, viel weiter, als es notwendig war, um einen Mann passieren zu lassen. Ich hob die Hand nach dem 38er.

Genau in dieser Sekunde geschah es. Im Inneren der Halle flammten zwei Autoscheinwerfer auf. Die Lichtkegel erfaßten und blendeten mich. Die grelle Helligkeit traf wie Faustschläge meine Augen und machte mich nahezu blind. Gleichzeitig krachte es.

Tausendfach geübte Reaktion rettete mich. In einem langen Satz hechtete ich zur Seite weg, schob die Schulter vor, zog den Kopf ein und verwandelte so den Aufschlag in eine Rolle vorwärts. Noch während ich über den Beton rollte, heulte in der Halle ein Automotor auf. Der Wagen schoß aus der Halle und raste auf die Ladestraße zu.

Ich stieß gegen die Hallenwand, drückte mich flach auf den Boden und riß den 38er aus der Halfter.

In zehn oder fünfzehn Schritten Abstand raste der Wagen an mir vorbei. Ich zog durch, aber ich glaube nicht, daß ich irgend etwas traf, denn meine Augen hatten die Blendung noch nicht verkraftet. Ich schoß mehr nach dem Gehör als gezielt.

Zwei, drei Kugeln schlugen über mir Funken aus dem Beton und jaulten als Querschläger durch die Luft.

Sie machten keinen Versuch, sich zu vergewissern, ob sie mich erwischt hatten. Sie löschten die Wagenscheinwerfer, sobald sie die Ladestraße erreicht hatten.

Ich sprang auf. Noch wußte ich nicht, was mit dem Verwalter passiert war. Ich rannte in Richtung Berrian Boulevard. Schon nach zwanzig Schritten sah ich eine Gestalt im Overall am Rande der Ladestraße liegen. Der Mann lag auf dem Gesicht. Als ich ihn berührte, spürte ich die Wärme des Blutes, das aus einer großen Wunde im Nacken über Hals und Schulter sickerte.

Jemand rief mich an: »He, Sie!«

Ich richtete mich auf. Ich hielt den 38er noch in der Hand. Der Mann, der irgendwo im Schatten eines Lageshauses stand, begann beim Anblick der Waffe zu schreien: »Hilfe! Mörder! Hilfe!«

»Ich bin FBI-Agent!« überbrüllte ich sein Geschrei. »Ich brauche ein Telefon!«

Er verschluckte sich und wagte sich aus der Dunkelheit. Es war ein älterer Mann, offenbar Nachtwächter in einem der Lagerhäuser. »Haben Sie etwas beobachtet?« fragte ich.

Seine Stimme zitterte. »Der Mann, der dort liegt, lief hier vorbei. Plötzlich vertrat ihm ein anderer den Weg, schlug ihn nieder, und als der Mann auf der Erde lag, schoß er auf ihn. Aber da wurde auch schon drüben beim Haddican-Bau geschossen. Ich sah, wie die Waffe zweimal aufblitzte. Er bückte sich und hielt sie ganz dicht an den Kopf des Niedergeschlagenen.« Vor Erregung versagte seine Stimme.

»Das Telefon! Schnell!«

Er führte mich in den Anbau einer Halle, schaltete das Licht ein und wies auf den Apparat, der auf einem Tisch stand.

Ich wählte den Notruf der City Police. »Cotton vom FBI! Ich melde Ihnen einen Mord bei den Lagerhallen des Berrian Boulevard. Informieren Sie Lieutenant Kelly von der Queens-Mordkommission.« Ich drückte die Gabel nieder, ließ sie hochschnellen und wählte Phils Nummer. Nach zehn Sekunden meldete er sich.

»Der Lagerverwalter des Haddican-Service wurde erschossen. Drei Leute waren daran beteiligt; zwei in der Halle, einer draußen. Ich fahre zur Gardiner-Wohnung, in der jetzt Ranger haust. Ich will ihn fragen, wo er war, als die Schüsse fielen. Falls ihm nicht rechtzeitig ein Alibi einfällt, kann es heiß werden. Dann brauche ich dich.«

»Okay«, antwortete Phil knapp. »Paladino Avenue!«

Ich hieb den Hörer auf die Gabel. »Die Polizei wird in wenigen Minuten hier sein. Geben Sie diesen Zettel einem Beamten!« Ich kritzelte auf ein Blatt die Worte: »Inspektor Kelly! Lassen Sie prüfen, ob der Erschossene vor seinem Tod gefoltert wurde. Danke! Cotton.«

Ich drückte dem Wächter das Papier in die Hand und trabte zum Jaguar. Ich fluchte, daß ich meinen Schlitten so weit ab vom Schauplatz der Ereignisse abgestellt hatte. Hätte ich ihn zur Hand gehabt, so wäre eine Verfolgung der Gangster möglich geworden. Noch hoffte ich, sie vor ihrer Höhle abfangen zu können, wenn ich schnell genug war.

Ich brachte den Jaguar in Gang. Mit eingeschaltetem Rotlicht und heulender Sirene jagte ich ihn von Queens über die Triborough-Brücke nach Manhattan hinüber. Die Sirene schaltete ich erst aus, als ich die Paladino Avenue erreichte.

Ich stoppte vor dem Hochhaus. Phil war noch nicht da. Ich

stieg aus und ging zum Eingang, der verschlossen war. Ich drückte die Klingel für den Hausmeister. Es dauerte volle drei Minuten, bis ich den Mann aus dem Schlaf geklingelt hatte. Er meldete sich über die Sprechanlage.

»FBI! Öffnen Sie!«

»Wollen Sie mich bluffen?«

»Kommen Sie her und überzeugen Sie sich!« sagte ich scharf.

Noch einmal vergingen zwei oder drei Minuten, bis er, notdürftig bekleidet, angeschlurft kam. Ich zeigte ihm den Ausweis, und er begann diensteifrig, mit dem Kopf zu nicken.

»Lassen Sie die Tür offen für einen zweiten G-man! Gehen Sie in Ihre Wohnung und bleiben Sie drin, was immer geschieht.«

Der Lift brachte mich in direkter Fahrt zur 16. und letzten Etage. Als die Kabine stand und ich die Tür öffnete, hörte ich aus der Gardiner-Wohnung Musik, die genauso dröhnend und viel zu laut war wie die Musik in der Haddican-Halle.

Ich ging an die Tür heran. Mit der linken Faust hämmerte ich dagegen. Meine rechte Hand lag unter der Jacke am Griff des 38er. Nichts geschah. Der Lautsprecher brüllte weiter.

Ich hatte diese Tür schon einmal eingetreten. Ich zog das linke Knie an. In letzter Sekunde, bevor ich zutrat, wurde die Tür geöffnet. »Wer macht hier Krach?« schrie die Frau, und sie mußte schreien, um sich gegen das Donnern der Musik durchzusetzen. Sie sah mich an, kam näher, öffnete den Mund zu einem verzückten Seufzer und sprang mir mit einem Satz an den Hals.

»Süßer!« schrie sie in mein Ohr. »Mach keinen Krach, und die kleine Dodo wird verdammt lieb zu dir sein.«

Sie hielt ein Glas mit einer schillernden Cocktailbrühe in der Hand. Als sie die Arme um meinen Nacken schlang, schwappte das Zeug auf Schulter und Rücken meiner Jacke. Sie war blond, etwa fünfundzwanzig, stark geschminkt. Sie roch nach einer betäubenden Mischung von zuviel Parfum und viel zuviel Alkohol. Sie versuchte hartnäckig, ihre Küsse ins Ziel zu bringen. Ich mußte hart zupacken, um sie mir vom Halse zu schaffen. Ich faßte dabei in blankes, gut gepolstertes Fleisch; denn Dodos Bekleidung bestand aus einem Slip und einem bis an die Grenze seiner Belastungsfähigkeit angespannten Büstenhalter, von den hochhackigen Schuhen einmal abgesehen.

Bei dem Ringkampf entglitt ihr das Glas und zerklirrte auf dem Parkettboden der Diele, in die Dodo mich hineingezerrt hatte. Sie begann zu kreischen: »Hilfe! Hilfe! Er will nicht!«

Im Wohnraum stoppte irgendwer die Musik. Ich schaffte mir Dodo endgültig und nicht mehr sehr sanft vom Hals. Sie fiel gegen die Wandgarderobe und verschwand vorübergehend zwischen den Pelzmänteln. »Seht euch an, wie der FBI unschuldige Mädchen behandelt!« schrie Art Ranger. Er stand in der Türöffnung zum Wohnraum. An seiner rechten Schulter hing eine Rothaarige, die noch ein paar Quadratzoll weniger Stoff trug als die Blonde. Sie hielt offenbar einen BH für überflüssig, obwohl er, anatomisch gesehen, keineswegs überflüssig war und durch die lang herabfallenden Haare nur unvollkommen ersetzt wurde. Rangers Worte lösten bei ihr einen Lachanfall aus. »Die unschuldige Dodo!« schrie sie. »Der beste Witz des Jahres!«

Die Blonde tauchte zwischen den Pelzmänteln wieder auf. »Er will mich nicht, Art!« greinte sie und zeigte auf mich. »Befiehl ihm, sofort ganz lieb zu mir zu sein.«

Ich ging an Ranger heran. Sein Gesicht war vom Alkohol gerötet, der Blick der sonst so kalten grüngrauen Augen verschwommen. Obwohl er fest auf den Füßen stand, war er schwer betrunken. Er trug keine Jacke. Über der Brust war das Hemd weit aufgerissen, und ich sah Lippenstiftspuren von der linken bis zur rechten Schulter.

»Herzlich willkommen!« sagte er. »Wenn dir Dodo nicht gefällt, findest du genug Auswahl im Inneren des Theaters.« Er zeigte mit dem Daumen über seine Schulter. Er sprach unkonzentrierter und schwerfälliger als gewöhnlich. Es war absolut ausgeschlossen, daß dieser Mann vor einer Viertelstunde das Feuerwerk am Berrian Boulevard veranstaltet hatte. Ich schob ihn und sein rothaariges Anhängsel zur Seite und blickte in den großen Wohnraum.

Gardiners ehemaliges Prachtzimmer diente als Schauplatz einer Party, die ohne Zweifel als Orgie enden würde. Ich sah den krausköpfigen Burton Smith in einem Ringkampf über den Teppich rollen. Sein Gegner war ein Girl, das es immer wieder verstand, sich den Pranken des Mannes zu entziehen.

Harry Drew lag ausgestreckt in einem Sessel. Drei Mädchen, die er zu sich zwischen die Lehnen gepackt hatte, verdeckten ihn so, daß ich ihn nur an der verbundenen und offensichtlich noch immer unbrauchbaren Hand erkannte. Im übrigen lagen in den Sesseln, auf den Couches oder einfach auf dem Teppich eine Menge Typen herum, die ich nicht kannte. Einige davon hatten schon genug. Sie nahmen von ihrer Umwelt keine Notiz mehr und schnarchten.

»Hoffentlich bist du nicht zur ›Vereinigung amerikanischer Moralisten‹ übergewechselt?« höhnte Ranger. »Platz nicht vor Neid, weil wir uns ein wenig Spaß machen!«

»Ich glaubte dich bei einer anderen Beschäftigung, Ranger«, sagte ich. »Du konntest nichts Besseres tun, als gerade heute deine Party zu feiern. Weiter viel Vergnügen!«

Ich verließ die Diele und zog hinter mir die Tür ins Schloß. Trotzdem hörte ich, wie Ranger brüllte: »Musik!« Gleich darauf setzte ein Schlagzeugsolo ein, das die Mauern zu sprengen drohte.

Der Lift kam nach oben, stoppte, Phil kam heraus. Ich faßte seinen Jackenärmel und zog ihn in die Kabine hinein, drückte den Parterreknopf, und wir glitten nach unten. »Danke fürs Kommen«, sagte ich. »Die Adresse stimmt nicht.«

»Warum gingst du allein rauf?« fragte er. »Das konnte übel ausgehen. Du weißt, wie gefährlich Ranger ist.«

»Du hast recht. Aber heute nacht war nicht Ranger das gefährlichste Wesen dort oben. Trotzdem hätte mir eine Menge zustoßen können.« Ich mußte lachen. »Dir übrigens auch, wenn du reingegangen wärst. Du ahnst nicht, vor welchen Schrecknissen ich dich bewahrt habe.«

Der Lift setzte im Parterre auf. »Fährst du mit zum Berrain Boulevard, oder willst du nach Hause?« fragte ich Phil.

»Du wirst mein Frühstück bezahlen. Steig ein!«

Die Ladestraße am Berrian Boulevard bot das übliche Bild eines nächtlichen Mordkommission-Einsatzes. Im grellen Scheinwerferlicht lag der Körper des Ermordeten. Der Polizeiarzt kniete neben ihm und führte die erste Untersuchung durch.

Lieutenant Kelly trafen wir in der Halle. Die Beleuchtung war eingeschaltet. In den Regalen lagen nur wenige Gepäckstücke. Der Hubstabler stand neben der Verbindungstür zum Anbau.

»Wer ist der Ermordete?« fragte Kelly.

»Eine Art Lagerverwalter. Er nannte sich Warren Thode. Sein richtiger Name lautete William Theane. Er hatte eine lange Serie von Gesetzesbrüchen und Gefängnisstrafen hinter sich; ein Berufsverbrecher, aber ohne Erfolg. Wurde er gefoltert?«

»Der Doc hat sich noch nicht geäußert, aber ich glaube, er wurde behandelt. Sehen Sie dort!« Er wies auf dunkle Flecken und Punkte auf dem Betonboden. »Das sind Blutspritzer.«

»Wieviel Gangster waren es?« fragte Phil.

»Mindestens drei. Einer stand außerhalb der Halle Schmiere. Er sah mich, als ich auf das Hallendach turnte. Er muß seine Kumpane in der Halle gewarnt haben.«

»Wie?«

»Tja, wie? Ich hörte keinen Pfiff, und ich sah kein Lichtsignal.«

»Also Funksprechgerät«, stellte Lieutenant Kelly fest. »Die Ausrüstung der Ganoven wird immer moderner.«

»Anscheinend ließen sie Theane nur laufen, um mich vom Dach zu locken, denn Theane war ihnen auf jeden Fall sicher. Er mußte dem Mann draußen in die Arme laufen.«

»Haben Sie eine Antwort auf die Frage, was sie von ihm wollten? Warum sie ihn folterten und ihn töteten?« fragte Kelly. Ich schüttelte den Kopf.

Durch die Verbindungstür gingen wir in den Anbau. Er

bestand aus zwei Zimmern, einer winzigen Küche und einem Badezimmer. Bevor er mit seinen Mördern zusammenstieß, mußte Theane in einem Sessel an einem runden Tisch gesessen haben. Ein nicht vollständig geleertes Whiskyglas, ein Aschenbecher und eine auseinandergefaltete Zeitung deuteten darauf hin.

Neben dem Aschenbecher stand die Blechschachtel voll zerdrückter Zigarettenstummeln. »Gehört sie Theane?« fragte Phil.

»Ja. Er verwahrte alle Kippen. Es schien eine Marotte zu sein.«

»Er war im Gefängnis. In manchen Gefängnissen besteht Rauchverbot. In diesen Anstalten wird Tabak automatisch zur Kostbarkeit.« Er nahm die Blechschachtel in die Hand. Es war eine Schachtel, die einmal als Zigarrenverpackung gedient hatte. Sie war so abgegriffen, daß das Bild auf dem Deckel verwischt war.

Der Arzt kam herein. »Er wurde durch zwei Genickschüsse getötet«, sagte er lakonisch. »Außerdem weist der Körper Schnittwunden an den Armen, der Brust und den Rippen auf.«

»Spuren einer Folterung?«

»Zweifelos. Die Wunden bluteten noch, als er erschossen wurde.«

»Jerry!« rief Phil. »Sieh dir das an!«

Noch immer hielt er die Blechschachtel in der Hand, aber er hatte die Tabakreste auf den Tisch geschüttet. Darunter zeigte sich, geschützt durch eine Plastikfolie und gehalten durch das Gummiband, unter dem ursprünglich die Zigarren gesteckt hatten, eine normale Zwanzig-Dollar-Note.

»Theanes eiserne Reserve«, sagte ich.

»Sieh dir die Nummer an.«

Die Note trug die Nummer C 52 000 000. Ich pfiff leise durch die Zähne. Das Schatzministerium hält jeweils das Null-Exemplar jeder Millionenserie als Druckmuster in seinem Bestand. Noten mit sechs Nullen gibt es daher nicht im offiziellen Zahlungsverkehr. »Den Schein sollen sich die Fachleute gründlich ansehen«, sagte Phil. Er klappte die Dose zu und steckte sie in die Tasche.

Ich wandte mich an Kelly. »Haben Sie Miß Haddican angerufen?«

»Noch nicht.«

Ich wußte, daß Helen Haddican und ihre Tochter eine Wohnung über ihrem Reisebüro besaßen und daß sie in dieser Wohnung über den Firmenanschluß zu erreichen waren. Ich wählte die Haddican-Nummer. Während ich darauf wartete, daß sich jemand meldete, blätterte ich in langen Gepäcklisten, die auf dem Schreibtisch lagen.

Am anderen Ende wurde der Hörer abgenommen. Eine Männerstimme sagte: »Hallo!«

»Bin ich mit dem Haddican Service verbunden?«

»Ja, das ist richtig. Wer sind Sie?«

»Zum Teufel, wer sind Sie? Ich will mit Miß Haddican sprechen.«

»Sergeant Miller vom 4. Revier! Nennen Sie mir Ihren Namen?«

»FBI Jerry Cotton. Sergeant, warum sind Sie in der Wohnung?«

»Hier wurde ein Einbruch verübt, G-man.«

»Ein Einbruch? Geben Sie mir Miß Haddican!«

»In der Wohnung ist niemand, G-man!«

»Ich komme sofort, Sergeant!«

Ich informierte Kelly mit zwei Sätzen. Phil und ich spurteten zum Jaguar. Wir rasten zur 14. Straße.

Die 5. Avenue ist auch während der Nacht belebt. Drei Dutzend Neugierige und ungefähr zehn Zeitungsreporter hatten sich eingefunden. Drei Streifenwagen der City Police blokkierten den Bürgersteig vor den Schaufenstern des Haddican's World Service. Im Vorbeigehen hörte ich, wie einer der Journalisten zu einem Berufskollegen sagte: »Einbruch in ein Reisebüro interessiert niemanden. Wir verschwenden nur unsere Zeit.«

Das Glas des Schaufensters neben dem Eingang wies ein großes, zackiges Loch auf. Das Schild mit der Aufforderung

»Besuch Hawaii und triff uns« bewegte sich leicht im Luftzug. Zwei von den vier braunhäutigen, lächelnden, blumenbekränzten Pappmädchen waren umgefallen.

Unter den Polizisten im Laden traf ich Sergeant Miller. Neben ihm stand ein magerer Mann in einem grauen Trenchcoat. »Er hat uns alarmiert«, erläuterte der Sergeant.

Der Mann nickte eifrig. »Ich kam gerade vorbei, als die Scheibe klirrte. Ich rannte sofort los und alarmierte von der nächsten Meldesäule aus die Cops.«

»Wer hat das Schaufenster eingeworfen?«

»Jemand, der sich schon im Laden befand. Auf der Straße habe ich niemanden gesehen.«

»Die Einbrecher benutzten einen Hintereingang, der vom Innenhof in das Büro führt«, erklärte der Sergeant.

Die Verwüstung im Laden hielt sich in Grenzen. Von Cynthia Haddicans Tisch waren das Telefon und ein paar Schreibutensilien hinuntergefegt. Ein Ständer mit Prospekten war umgestürzt und hatte seine Fracht buntes Papier über den Fußboden verstreut.

»Haben Sie den Gegenstand gefunden, mit dem das Schaufenster eingeworfen wurde?«

»Wir fanden einen Locher zwischen den Glastrümmern.«

»Gehen wir in die Wohnung!« Vom Hintergrund des Ladens führte eine Wendeltreppe in die Wohnung auf der ersten Etage. Sie bestand aus drei Zimmern. In jedem hatten ungebetene Besucher gehaust. Die Türen aller Schränke standen offen, Möbel waren umgestürzt, Schubläden herausgerissen.

Phil und ich musterten das Durcheinander. »Das sieht mehr aus, als hätten sie etwas Bestimmtes gesucht«, stellte Phil fest.

»Die Spuren im Laden deuten nicht auf einen Einbruch.«

»Sie scheinen von einem Kampf zu stammen. Jemand wehrte sich, bekam den Locher zu fassen, warf ihn nach seinen Gegnern, verfehlte sie, und der Locher zertrümmerte das Schaufenster.«

Wir gingen hinunter und in den Innenhof hinaus. Er besaß

eine Ausfahrt zur 5. Avenue. Wie die meisten Innenhöfe New Yorker Häuser war er mit Mülltonnen, alten Kisten und Gerümpel vollgepackt.

Der Cop-Sergeant ließ den Lichtkegel seiner Taschenlampe kreisen. Auf dem Boden vor der Ausfahrt leuchtete im weißen Licht etwas Hellblaues. Ich bückte mich, hob den knapp handtellergroßen Stoffetzen auf. Ich rieb ihn zwischen den Fingern. »Etwas Besonderes?« fragte Phil.

»Als ich Cynthia Haddican zuletzt sah, trug sie ein Kleid aus diesem Stoff.« Ich drehte mich auf dem Absatz um. »Wir müssen Mrs. Haddican davon unterrichten, daß ihre Tochter entführt wurde.« Von einem der Telefone im Büro meldete ich eine Verbindung mit der Nummer in Atlantic City an, die Helen Haddican mir genannt hatte.

»Bleiben Sie am Apparat«, erklärte das Mädchen in der Vermittlung. »Die Leitung ist frei!«

Die dunkle Stimme der Frau schlug an mein Ohr. Sie meldete sich mit einem harten ›Ja‹.

»Cotton vom FBI, Mrs. Haddican. Es wäre gut, wenn Sie sofort nach New York zurückkämen.«

»Warum?« Ihre Stimme klang kühl und beherrscht.

»Der Verwalter Ihres Gepäcklagers wurde erschossen; und ich fürchte, daß man Ihre Tochter entführt hat.«

»Sie irren sich, G-man. Meine Tochter ist hier.«

Die Antwort verschlug mir für Sekunden die Sprache. »Hören Sie, Mrs. Haddican. Ich sprach heute abend gegen sechs Uhr mit Ihrer Tochter und . . .«

» . . . und eine Stunde später setzte sie sich in ihr Auto und kam her. Wann brauchen Sie mich in New York, G-man?«

»So schnell wie möglich.«

»Ich werde morgen im Laufe des Vormittags dort sein.«

Sie schwieg einige Sekunden. Dann fragte sie: »Warren wurde tatsächlich ermordet?«

»Ja, ich war Augenzeuge seines Todes.«

»Danke für den Anruf, Mr. Cotton. Bis morgen.«

»Einen Augenblick, Mrs. Haddican. Kann ich mit Miß Cynthia sprechen?«

»Tut mir leid, G-man. Sie kam todmüde hier an. Jetzt schläft sie, und ich werde sie nicht wecken, damit Sie sie wieder in neue Aufregungen stürzen.« Es knackte. Dann war die Leitung tot.

Langsam ließ ich den Hörer in die Gabel gleiten. »Sie sagt, Cynthia wäre in Atlantic City«, erklärte ich Phil, »aber sie läßt mich nicht mit ihr sprechen.«

»Lügt sie?«

»Welchen Grund sollte sie haben?« Ich faltete den Stoffetzen zusammen und schob ihn in die Tasche.

Von den vier Männern im Chefbüro war nur Mr. High glatt rasiert. In meinem und Phils Gesicht knirschten die Stoppeln, und auch Donald Reigh, unser Spezialist für Falschgeld, hatte noch keine Zeit gefunden, etwas für sein Äußeres zu tun.

Falschgeld und alles, was damit zusammenhängt, ist Angelegenheit des US-Schatzamtes, aber wir werden so oft von den Geldboys in Anspruch genommen, daß sich auch in unserem Verein ein paar Spezialisten für Blüten herausgebildet haben. Auf diesem Gebiet ist Donald unsere Nummer eins.

Die Zwanzigdollarnote aus William Theanes Blechschachtel lag zwischen zwei Glasplatten auf Mr. Highs Schreibtisch. Helen, die Sekretärin des Chefs, kam herein und brachte dampfenden Mokka für Reigh, Phil und mich. »Schießen Sie los, Donald!« sagte der Chef.

»Der Zwanziger ist gefälscht«, erklärte Reigh. »Er stammt aus einer Falschgeldserie, die schon historisch ist. Die C 52er Serie tauchte vor acht Jahren in einzelnen Exemplaren auf. Die Hersteller-Gang flog auf, als die Jungs für vier- oder fünftausend Dollar Blüten an den Mann gebracht hatten, obwohl die Scheine erstklassig hergestellt waren.« Er tippte auf die Glasplatte. »Ich würde diesen Schein nicht als falsch erkennen können, wenn ich nicht aus den Akten wüßte, worauf man bei einem C 52er achten muß. Der Graveur machte einen winzigen Fehler in der rechtsseitigen Linienführung.« Er nahm einen Schluck von seinem Mokka. »Das Fälscherteam damals war erstklassig, sozusagen eine Traumkombination. Der Graveur war ein Künstler in seinem Fach. Der Drucker hatte in der Staatsdruckerei gearbeitet und wußte genau, wie echte Zwanziger hergestellt werden. Das Papier stammte aus einem Diebstahl in der Papierfabrik, die die Staatliche Münze beliefert, und für die Druckfarben sorgte ein Laborant jenes Farbenkonzerns, der ein Monopol auf die Druckfarben für Geldscheine besitzt. Klar, daß das Resultat der Anstrengungen dieser Crew fast genausogut ausfiel wie echtes Geld.«

»Trotzdem brachten sie nur ein paar tausend Dollar an den Mann?« fragte Phil.

»Weil sie Künstler waren, aber keine ausgekochten Gangster«, lachte Reigh. »Sie streuten die Scheine nicht weit genug. Einem Bankbeamten in Flushing fiel auf, daß sich plötzlich drei Dutzend neue Zwanziger der C 52-Serie in seiner Kasse befanden. Er erkundigte sich telefonisch beim Sicherheitsdienst des Schatzamtes, wann die letzte Neuserie mit diesen Kennzeichen gedruckt worden war. Das war sehr lange her, so daß neue Exemplare in solcher Anhäufung nicht mehr im Umlauf sein konnten. Die Experten nahmen die Zwanziger sofort unter die Lupe. Sie entdeckten die Abweichung. Eine Woche später saßen die Fälscher hinter Schloß und Riegel. Ihr Verteilersystem war so primitiv wie ihr Falschgeld vorzüglich war. Sie hatten selbst und eigenhändig die Noten in Zahlung gegeben, und sie waren sogar in ihrem Stadtviertel geblieben, so daß sich die Scheine zwangsläufig bei einer Bank sammeln mußten. Am Ende stellte sich heraus, daß ihre Werkstatt ebenfalls in Flushing stand, nur ein paar Blocks von der Bank entfernt.«

»Wieviel Noten hatten sie gedruckt?« fragte High.

»Eine fast unglaubliche Anzahl, zweihunderttausend Scheine.«

Phil pfiff durch die Zähne. »Vier Millionen Dollar.«

»Sie hatten keinen Mangel an Papier und Farbe. Wahrscheinlich hofften sie, irgendeinen gefahrlosen Vertriebsweg zu finden. Bis dahin druckten sie erst einmal drauflos. Je mehr Geld sie besaßen, desto reicher kamen sie sich vor.«

»Die vier Millionen wurden sichergestellt?« erkundigte ich mich.

»Bis auf einen unbedeutenden Rest von ein paar Dutzend Scheinen, die verschwunden blieben.«

»Die Blüten wurden selbstverständlich venichtet?«

»Wie üblich verbrannt, ausgenommen ein paar Exemplare für das Archiv des Schatzamtes.«

»Du weißt, wo Phil diese Note gefunden hat?«

»In der Tasche eines Mannes, der gestern nacht erschossen wurde«, bestätigte Reigh. Er öffnete einen Aktenordner, den er mitgebracht hatte.

Er besaß ein kleines, halb privates, halb dienstliches Archiv, in dem er die wichtigsten Fakten aller bedeutenden Falschgeldfälle festhielt. »Der Mann hieß Theane, nicht wahr? Niemand mit diesem Namen war an der C 52er-Fälschung beteiligt.«

Wieder tippte er auf die Glasplatte. »Da ist noch eine Kleinigkeit. Dieser Geldschein trägt die Nummer C 52000000. Die Noten, die damals gedruckt wurden, begannen mit C 52300000 und wurden bis zu einer Ziffer hinaufgedruckt, die über C 52 500 000 lag, also zweihunderttausend Stück. Natürlich ist es kein Problem, das Zahlendruckwerk beliebig einzustellen. Es ist durchaus möglich, daß nur diese eine Note gedruckt wurde. Vielleicht zur Probe. Als sie mit der Druckerei richtig begannen, fingen sie bei C 52300000 an, und bei 52 5 stellte die Polizei ihre Presse still.«

»Kam niemand auf den Gedanken, sie könnten gefälschte Noten mit niedrigeren Nummern gedruckt haben?«

»Solche Scheine wurde nie gefunden, Jerry, bis dieses Exemplar auftauchte. Außerdem sagten die Gangster aus, die gefundenen Blüten wären alles, was sie fabriziert hätten. Bei zweihunderttausend Exemplaren zweifelte niemand daran, daß sie die Wahrheit sagten.«

»Sie logen auf jeden Fall, Donald, denn du hast eine Fälschung, deren Existenz sie verschwiegen, vor dir liegen. Nehmen wir an, sie hätten bei 52 mit der Produktion begonnen, dann wären dreihunderttausend Blüten dem Zugriff der Polizei entgangen; Zwanzigdollarnoten im Werte von sechs Millionen Dollar.«

Reigh lächelte. »Im Altpapierwert von fünfzig Cents! In den Staaten sind die C 52er-Blüten nicht mehr an den Mann zu bringen. Wenn gute Geldfälschungen festgestellt werden, unterrichtet das Schatzamt alle Banken. Die Seriennummern kommen auf die Kontrolliste, und bei den Stichnummern, die für Fälschungen benutzt wurden, aussortiert und zur Kontrolle an das Schatzamt geschickt. Liefen diese Blüten noch oder wieder um, hätte das Schatzamt längst Alarm geschlagen.«

»Wir sollten uns die Frage stellen, wie Theane in den Besitz des Geldscheines gelangt ist«, sagte Mr. High.

»Wahrscheinlich ist diese Frage schon geklärt, Sir«, antwortete Reigh. »Einer der Hauptbeteiligten an der Fälschung starb kurz nach seiner Verurteilung im State-Gefängnis. Ich habe Theanes Strafregister überprüft. Er verbüßte zur gleichen Zeit eine Strafe im selben Gefängnis. Es ist möglich, daß beide Männer sich begegneten, und daß Theane die Note gewissermaßen erbte.«

»Bleibt die zweite Frage offen, ob er nur diese eine oder dreihunderttausend Blüten erbte.«

»Dreihunderttausend Zwanzigdollarnoten sind für Gangster Grund genug, einen Mann zu foltern und umzubringen.«

»Aber in Wahrheit sind es dreihunderttausend Fetzen Altpapier.« Temperamentvoll schlug Reigh auf den Tisch. »Das Zeug ist unabsetzbar, vorausgesetzt, es existiert wirklich.«

»Unabsetzbar in den USA«, verbesserte Phil.

»Und in allen anderen Ländern der Welt. Die großen Banken unterrichten sich gegenseitig über Fälschungen in ihren Landeswährungen.«

»Danke für Ihre Arbeit, Donald«, sagte Mr. High. »Jerry, ich möchte, daß Sie sich um die Chefin des Reisebüros kümmern, sobald Sie sich fit genug dazu fühlen. Sie, Phil, stellen unterdessen im State-Gefängnis fest, ob William Theane tatsächlich mit einem Fälscher zusammentraf.«

Wir verließen das Chefbüro. Ich fuhr in meine Wohnung,

duschte, rasierte mich und stieg in einen anderen Anzug um. Kurz vor neun Uhr stand ich vor dem Haddican Office. Ein Cop ging vor dem Haus auf und ab und beobachtete gelangweilt vier Arbeiter, die eine neue Schaufensterscheibe einsetzten. Innen räumten die Clerks und die Mädchen auf. Die verstreuten Prospekte wurden einsortiert, Cynthias Schreibtisch aufgeräumt. Um die Wohnung in der ersten Etage kümmerte sich niemand.

Ich fragte einen Clerk nach Helen Haddican. »Die Chefin ist noch nicht gekommen«, antwortete er. »Sie rief an und sagte uns, wir sollten weitermachen, als wäre nichts geschehen.«

Mein nächstes Ziel war die Borough-Sektion der City Police in Queens. Lieutenant Kelly saß hinter seinem Schreibtisch, übermüdet, mit rotgeränderten Augen, stoppelbärtig.

»Ich dachte mir, daß Sie kommen würden, Cotton«, sagte er. »Wir haben uns deshalb beeilt, Ihnen die Ergebnisse der technischen Untersuchungen komplett zu übergeben.« Er schob einen schmalen Aktenordner über den Tisch. »Sie sind mager genug. Keine brauchbaren Fingerabdrücke, keine sonstigen Spuren. Der Wagen konnte nicht identifiziert werden. Kein Augenzeuge hat sich gemeldet, abgesehen von dem Wächter, der sah, wie Theane niedergeschlagen und erschossen wurde. Seine Beschreibung des Täters beschränkt sich darauf, daß der Mann groß gewesen sein soll. Gefunden haben wir sieben Geschosse, die auf Sie und den unglücklichen Theane verfeuert wurden. Alle sind vom Kaliber 40, und alle wurden aus Harris Armeepistolen verfeuert, allerdings aus drei Waffen. Wir konnten es an der Riefenzeichnung feststellen.« Ich klemmte den Aktenordner unter den Arm. »Ich werde noch einmal zur Halle hinausfahren.«

»Soll ich Sie begleiten?«

»Wollen Sie sich nicht lieber ins Bett legen?«

»Eigentlich gern«, antwortete er lächelnd. »Übrigens läuft der Betrieb dort schon wieder. Irgendwer von der Firma rief an und sagte, sie müßten unbedingt das Gepäck der vorgesehenen Flüge verladen können.«

»War es Helen Haddican.«

»Nein, einer ihrer Angestellten. Ich habe keine rechtliche Möglichkeit, den Betrieb stillzulegen. Das Gepäck gehört unbeteiligten Personen.«

»Schade, daß wir keine Zollbeamten sind, denn dann dürften wir ohne weiteres in der Wäsche anderer Leute wühlen. Aber ich bin sicher, wir würden jetzt nichts mehr finden. Wir kommen zu spät.«

Ich verabschiedete mich von Kelly und fuhr zum Berrian Boulevard. Auch hier stand ein Cop vor dem Gebäude. Männer einer Speditionsfirma luden die Gitterkarren auf einen Laster. Ein blonder Bursche bediente den Hubstabler. Ein anderer hob einen heruntergefallenen Koffer auf, las den runden Anhänger, auf dem der Bestimmungsflughafen aufgedruckt war, und sagte: »Honolulu-Airport! Verdammt! Ich würde mich am liebsten selbst verladen.«

Der Blonde lachte. »Was willst du auf Hawaii, Dick! Du kannst nicht einmal mit Bronx-Girls umgehen. Die Hula-Schönen würden dich nur auslachen.«

Die jungen Männer schienen nicht zu wissen, was sich in der vergangenen Nacht ereignet hatte. Wenn sie es wußten, kümmerte es sie nicht. Mord ist in New York leider gar nicht selten.

Ungefähr um elf Uhr stoppte ich den Jaguar zum zweitenmal vor dem Reisebüro. »Die Chefin ist oben«, teilte mir der Clerk mit. »Ich werde Sie anmelden.«

Er telefonierte, nannte meinen Namen und nickte mir zu. »Sie sollen raufkommen.«

Helen Haddican stand in dem Zimmer, das, nach der Einrichtung zu urteilen, von ihrer Tochter als Wohnraum benutzt wurde. Sie trug ein graues Tweed-Jackenkleid. Die weiße Bluse darunter war an den Manschetten und am Kragen angeschmutzt, die Schuhe an ihren Füßen waren staubig. Sie machte den Eindruck einer Frau, die seit mindestens vierundzwanzig Stunden nicht aus den Kleidern gekommen war.

Als sie meine Schritte hörte, drehte sie sich langsam um. Das dunkle Haar fiel in einer weichen Welle in ihre Stirn, aber die Augen lagen tiefer als gewöhnlich in den Höhlen, und unter ihnen zeichneten sich dunkle Ringe ab. Sie verschränkte die Arme, blickte mir für die Dauer einer langen Sekunde genau in die Augen. Dann sagte sie mit einem Achselzucken. »Sie haben wie die Vandalen gehaust. Wahrscheinlich enttäuschte sie die magere Beute. Cynthia besitzt nichts von Wert.«

»Glauben Sie noch immer an einen gewöhnlichen Einbruch?«

»Selbstverständlich.«

»Und der Mord an Theane?«

»Von wem sprechen Sie?«

»Er nannte sich Warren Thode, aber sein richtiger Name lautete William Theane. Er war ein Gangster, und er wurde vor seinem Tode gefoltert.«

Sie wandte sich ab und ging zum Fenster. »Das ist alles entsetzlich, G-man«, sagte sie gegen das Glas. Sie sprach leiser, als es sonst ihre Gewohnheit war. »Bei uns galt er als zuverlässig. Ich hatte nie Grund, über ihn zu klagen. Waren es ehemalige Kumpane, die ihn . . .?«

»Wir wissen nicht, wer es war. Wir wissen aber, daß dieses Verbrechen an Theane der dritte Mord war, der sich im Zusammenhang mit Haddican's World Service ereignete. Im Zusammenhang mit Ihrem Reisebüro, Mrs. Haddican!«

Sie fuhr herum. Ihre Augen funkelten böse. »Sie haben kein Recht zu behaupten, die Morde hätten etwas mit meiner Firma zu tun. Ebensogut könnten Sie behaupten, irgendwelche Leute wären umgebracht worden, weil sie die Untergrundbahn benutzten.«

»Ich wünsche Ihre Tochter zu sprechen, Mrs. Haddican«, sagte ich kurz.

»Es tut mir leid, G-man, aber Cynthia flog heute morgen nach Honolulu.«

»Sie ist nicht in New York?«

»Nein.« Sie warf einen Blick auf ihre Armbanduhr. »Die Maschine müßte schon die Küste passiert haben.«

»Welche Maschine benutzte sie?«

»Wir hatten einen Charterflug, der heute morgen wenige Minuten nach acht Uhr startete. Die Maschine war nicht ausverkauft, und Cynthia entschloß sich mitzufliegen. Einer von uns beiden mußte sich unbedingt um unsere Filiale in Honolulu kümmern.« Ihr Gesicht drückte offene Feindschaft aus. »Cynthia war froh, Sie für mindestens zwei Wochen nicht sehen zu müssen, G-man. Sie hatte genug von Ihren dreckigen Vorschlägen.«

Ich lächelte höflich. »Sie wissen genau, Mrs. Haddican, daß ich Ihrer Tochter keine Vorschläge gemacht habe.«

»Cynthia hat mir gestern nacht alles genau erzählt«, geiferte sie.

»Ich zweifle daran, daß Sie Ihre Tochter in der vergangenen Nacht sahen«, antwortete ich.

Ich verließ das Reisebüro, fuhr zum LaGuardia-Flughafen und erfuhr, daß eine Maschine der Chartergesellschaft tatsächlich wenige Minuten vor acht Uhr im Auftrag der Haddican-Organisation mit Ziel Honolulu gestartet war. Die Maschinen sollte gegen sechzehn Uhr New Yorker Zeit auf der Insel landen.

Ich blickte auf die Armbanduhr. Uns blieben noch drei Stunden Zeit bis zur Landung.

Die Verbindung war so erstklassig, als läge Honolulu auf der anderen Seite des Hudsons. Mr. High hatte die Konferenzanlage des Telefons eingeschaltet. Wir alle, die wir uns im Raum befanden, konnten den Teilnehmer am anderen Ende der Leitung hören und über das Mikrofon mit ihm sprechen.

Dieser Teilnehmer war Detective Lieutenant Joshua Eton von der Hawaii State Police. Er und das Telefon, das er benutzte, standen in einem Zimmer des Flughafengebäudes in Honolulu.

»Ich erfahre vom Kontrollturm, daß die Maschine die Erlaubnis zur Landung erhalten hat«, meldete Eton. Er mußte laut sprechen, um das Dröhnen eines startenden Flugzeugs zu übertönen. Dann, als das Fauchen der Düsenmotoren abklang, hörten wir als Hintergrundgeräusch Gitarrentöne, keinen hart geschlagenen Beat, sondern sanftes Melodiengeschaukel in vollen Akkorden.

»Soll ich Ihnen noch einmal die Beschreibung Cynthia Haddicans wiederholen, Lieutenant?« fragte ich.

»Vielen Dank, G-man. Sie muß ungewöhnlich schön sein. Ich denke, das wird genügen, sie auf einen Blick herauszufinden. – Hallo! Gerade setzt die Maschine zur Landung an.« Düsenlärm schwoll an, ging in grelles Pfeifen über und verebbte. Etons Stimme wurde wieder verständlich. »Okay, es war das New Yorker Flugzeug. Es dauert ein paar Minuten, bis die Maschine von der Landebahn zum Empfangsplatz gerollt ist.«

Phil warf mir einen Blick zu. »Wenn Cynthia Haddican sich nicht an Bord befindet, werden wir Ihre Mutter verhaften müssen?« fragte er.

»Sie ist nicht an Bord«, sagte ich.

»Darüber läßt sich eine Wette abschließen, die in wenigen Minuten entschieden wäre.«

»Die Chancen sind zu ungleich. Sie ist nicht an Bord.«

Der Lieutenant meldete sich wieder. »Die Maschine steht auf dem Empfangsplatz. Die Gangway wird angelegt. Die ersten Passagiere kommen. Sie sammelten sich am Fuß der Gangway. Die Hula-Mädchen stellen sich zur Empfangszeremonie auf.«

Wieder hörten wir über rund viertausend Meilen Pazifik hinweg das Gitarrengeklimper und ein paar Töne vom »Aloha«-Gesang. Dann sagte Lieutenant Eton: »Okay, ich glaube, die Lady, die Sie suchen, hat gerade das Flugzeug verlassen.«

Ich sprang auf und beugte mich über das Mikrofon. »Kein Zweifel, Lieutenant?«

»Sie ist einige Zoll größer als alle anderen Mädchen. Sie trägt langes, blondes Haar. Soweit ich durch mein Fernglas erkennen kann, stimmen auch alle anderen Kennzeichen. Jetzt wird ihr gerade ein ›Lei‹, ein Blumenkranz, zur Begrüßung umgelegt. Die Zeremonie ist beendet. Die Passagiere gehen zum Ausgang.«

Mr. High nahm das Mikrofon. »Lieutenant Eton, bitte, holen sie das Mädchen, das Sie für Cynthia Haddican halten, an diesen Apparat!«

»In Ordnung, Sir!«

Wir warteten. Es vergingen Minuten. dann hörten wir Schritte, Stimmen und endlich Lieutenant Eton: »Sir, hören Sie mich? Miß Haddican steht neben mir.«

»Geben Sie ihr den Hörer!«

Eine Mädchenstimme sagte: »Hallo, hier spricht Cynthia Haddican!«

Mr. High sah mich fragend an. Ich nickte und übernahm das Mikrofon. »Hallo, Miß Haddican, ich wollte Sie in New York sprechen, aber Sie waren plötzlich verschwunden. Sie wissen, daß im Haddican-Office eingebrochen wurde?«

»Ich erfuhr es von meiner Mutter.« Ihre Stimme klang ruhig, ein wenig tonlos, aber es war zweifelsfrei Cynthia Haddicans Stimme.

»Wann werden Sie zurückkommen?«

»Ich weiß es noch nicht genau, vielleicht schon in einer Woche.«

»Wo werden Sie in Honolulu wohnen?«

»In unserem Hotel.«

Ich fühlte mich auf eine scheußliche Weise hilflos. Über viertausend Meilen hinweg sprach ich mit einem Mädchen, von dem ich angenommen hatte, daß es entführt und verschleppt worden war. Ein Beamter der State Police stand daneben. Alles schien in bester Ordnung zu sein, und trotzdem wurde ich das verdammte Gefühl nicht los, daß an dieser Ordnung etwas nicht stimmte. Ich stand wie vor einer Mauer, hinter der düstere und verbrecherische Geheimnisse lagen. Ich wußte, daß die Mauer zum Einsturz gebracht werden konnte, wenn man nur einen Stein aus ihr herausbrach. Aber wie sollte ich über viertausend Meilen hinweg den richtigen Stein finden?

»Viel Spaß auf den Inseln, Miß Cynthia«, sagte ich. »Neben Ihnen steht Detective Lieutenant Eton. Falls Sie Schwierigkeiten haben, wenden Sie sich an ihn.«

»Danke, Mr. Cotton«, antwortete sie artig. »Guten Tag, Mr. Cotton!«

Der Lieutenant übernahm den Hörer. »Kann ich Miß Haddican gehen lassen?«

»Ja«, antwortete der Chef.

Eton brachte sie offenbar bis zur Tür, denn es dauerte eine Minute, bis er sich noch einmal meldete: »Haben Sie noch Befehle für mich?«

»Danke für Ihre Hilfe. Wir werden uns wahrscheinlich später noch einmal an Sie wenden.«

»Noch eine Frage, Lieutenant! Welches KLeid trug Cynthia Haddican?«

»Weißes Jackenkleid aus Rohseide.«

Ich zerknüllte den blauen Stoffetzen, den wir im Hof des Haddican-Büros gefunden hatten, zwischen den Fingern.

Mr. High schaltete die Anlage ab. »Ich weiß nicht, ob wir diesen Fall in New York lösen können«, sagte er. »Mir scheint, die Motive für die Verbrechen, die in New York geschahen, liegen in Ereignissen, die sich auf den Hawaii-Inseln abspielten, und von denen wir nichts wissen. Ich möchte, Jerry, daß Sie hinüberfliegen.«

»Danke, Sir.«

Der Chef wandte sich an Phil. »Sie waren nie im Haddican-Reisebüro?« fragte er. Phil schüttelte den Kopf.

»Sie, Phil, werden eine Drei-Wochen-Reise mit Aufenthalt im Pacific-Sunrise-Hotel buchen. Sie können Ihren Namen benutzen, aber verschweigen Sie Ihren Beruf.«

»Unter Anrechnung auf meinen Urlaub?« fragte Phil.

Mr. High lächelte. »Oh, nein! Ich halte es für durchaus möglich, daß Sie hart arbeiten müssen.«

Die Maschine, eine planmäßige Boeing der PAA auf dem Flug nach Tokio, setzte zur Zwischenlandung in Honolulu an. Die Chefstewardeß flötete über die Bordlautsprecher: »Wir verabschieden uns von den Passagieren, die in Honolulu bleiben, und wünschen Ihnen einen angenehmen Aufenthalt auf den glücklichen Inseln. Aloha!« Die Boeing setzte auf, rollte aus und blieb vor dem Empfangsgebäude stehen. Das Pfeifen der Düsen verstummte. Die Stewardessen öffneten die Türen. Während wir unser Gepäck zusammenrafften, hallte uns schon das Geklimper der Gitarren, der ›Ukulele‹, wie die Dinger auf hawaiisch heißen, entgegen. Am Fuß der Gangway standen vier hübsche, schwarzhaarige und braunhäutige Mädchen, lebendige Ebenbilder der Pappgirls in den Schaufenstern von Haddicans Reisebüro. Sie trugen Röckchen aus grünen Baststreifen, einen nackten Bauch, ein buntes Brusttuch und Hibiskusblüten in den Haaren. Ihre Hüften schlugen Wellen nach links und rechts zur Begrüßungsmusik, die zwei stämmige Polynesier produzierten. Eine reifere Hawaii-Lady, wuchtig ausladend nach allen Seiten, aber fairerweise in ein sackweites Gewand gehüllt, spreizte die mächtigen Arme, über denen Blumenkränze in allen Farben hingen.

Die Girls umwogten jeden, der die Gangway herunterkam. Die Routiniers gingen ungerührt, ungeküßt und unbekränzt weiter. Die Offiziere wehrten sich nicht. Auch ich hielt still, als eines der Mädchen mir hüftschwingend den Weg versperrte. Ihre Fingerspitzen glitten wie Vogelfedern über Wangen und Kinn; ihre Hüfte traf mich zwei-, dreimal wie eine anrollende Pazifikwelle; üppige Lippen streiften meinen Mund. Dann fiel ein Blumenkranz um meinen Hals, und die braune Schöne sagte: »Zwei Dollar, please!«

Ich gab ihr zwei Scheine. Blitzschnell drückte sie mir ein zusammengefaltetes Papier in die Finger. »Come to see me. Aloha!« zischte sie.

Ich war der letzte Passagier, der unsere Maschine verließ. Die Boys ließen die Gitarren sinken. Die Girls stoppten ihre Hüften, und plötzlich rannte der ganze Verein einschließlich der Lady mit den Blumenkränzen auf eine andere Maschine zu, die gerade einige Dutzend Yard weiter links zum Stehen kam.

Ich ging zum Exit. Hinter der Sperre trat ein knapp mittelgroßer, aber breitschultriger Mann in einem weißen Leinenanzug an mich heran. »Mr. Cotton?« Ich bejahte. Er streckte mir die Hand hin. »Ich bin Joshua Eton. Willkommen in Honolulu! Aloha!«

Trotz seines durchaus englischen Namens war Detective Lieutenant Eton nicht weniger braun als die Mädchen. »Ich habe ein Zimmer im Cook-Hotel für Sie reservieren lassen«, sagte er.

»Vielen Dank! Können wir beim ›Pacific-Sunrise‹-Hotel vorbeifahren? Ich möchte sofort mit Cynthia Haddican sprechen.«

Auf dem Parkplatz wartete ein weißer, offener Mustang. »Ihr Leihwagen, Cotton. Ich hielt es für richtig, Ihren Wagen ein wenig dem hiesigen Stil anzupassen.«

Wir verließen das Flughafengelände. An einer bestimmten Stelle stoppte Eton den Wagen. »Sehen Sie sich unsere Insel an, Cotton!« Vor uns lag die Küste mit dem Sandstrand von Waikiki, den weißen Hotelpalästen von Honolulu, den Ananasfeldern am Fuß des Diamond Heads und den grauen Kriegsschiffen im Hafen von Pearl Harbor. Bis zum Horizont erstreckte sich die blaue Unendlichkeit des Pazifiks. Nur die weißen Schaumkränze der Brandung verrieten in dieser Unendlichkeit die kleinen Inseln und Atolle, die wie die Glieder einer zerbrochenen Kette noch den Rest einer Verbindung zwischen den großen Inseln des Archipels darstellen.

»Großartig«, sagte ich, »aber leider kam ich nicht her, um Ferien zu machen.«

Eton grinste. »Ich wette, es wird Ihnen schwerfallen, sich nicht ablenken zu lassen. Die Girls werden sich 'ne Menge Mühe geben.«

Zwanzig Minuten später fuhren wir an der Front der Hotelpaläste entlang. Das ›Pacific-Sunrise‹ lag als eines der letzten in der Reihe, ein moderner, achtstöckiger Bau.

Die Halle war kühl und schattig. Die linke Seite bestand aus einer Bartheke, die dreißig oder vierzig Yard lang war. Die Keeper hinter der Theke trugen weiße Hemden und schwarze Schlipse. Alle Leute vor der Theke waren bunt, luftig oder sonst sparsam bekleidet. Eine Combo in der Mitte der Halle verträufelte Hawaii-Musik, und einige sehr blonde, sehr amerikanische und mittelstark betrunkene Mädchen versuchten, ihren verhärteten Bandscheiben den Hula-Rhythmus aufzuzwingen.

Am Empfangstisch verbeugte sich ein Clerk, der mindestens zu neunzig Prozent Japaner war: »Aloha, Sir. Zu Ihren Diensten.«

«Ich möchte Miß Haddican sprechen.«

Er verbeugte sich noch tiefer, lächelte noch herzlicher. »Miß Haddican wohnt nicht bei uns.«

»Sie kam vorgestern hier an.«

»Sie rief an, gab das reservierte Zimmer frei und sagte, sie würde bei Freunden wohnen.«

»Bei welchen Freunden?«

»Darüber weiß ich leider nichts, Sir.«

Ich sah den Lieutenant fragend an. Eton zuckte unmerklich die Achseln. »Wie denken Sie über einen Drink, Cotton?« fragte er mit einer Kopfbewgung zur Bar.

Wir fanden einen Platz zwischen einer aufgetakelten Blondine, deren Akzent die Texanerin verriet, und einer Gruppe älterer, meistens bebrillter Gentlemen, die sich in ihren bunten Waikiki-Hemden so unbehaglich fühlten wie in Astronautenanzügen. Sie bekämpften das Unbehagen mit Ananas-Flip.

Eton bestellte für uns Daquiris, Fruchtsaft mit Rum.

»Verdammt schwierig, ein Mädchen zu finden, das sich irgendwo bei Freunden aufhält. Der Archipel besteht aus mehr als hundertfünfzig Inseln, und die Freunde können auf irgendeiner davon wohnen.«

»Noch viel schwieriger, ein Girl aus den Klauen seiner Entführer zu befreien, wenn alle Welt, die Mutter des Mädchens und schließlich auch das Mädchen selbst, behaupten, überhaupt nicht entführt worden zu sein.«

Eton warf mir einen Seitenblick zu, der eine gewisse Besorgnis verriet.

»Sie haben Cynthia auf dem Flughafen gesehen, Joshua. Welchen Eindruck machte sie? War sie verängstigt, eingeschüchtert?«

»Sie schien ein wenig bedrückt zu sein.«

»Ist Ihnen in ihrer Nähe eine Person aufgefallen.«

»Nein, Cotton. Sie kam mit einem Touristenflugzeug, und diese Leute sind immer aufgeregt und erwartungsvoll.«

»Sie kennen die Inseln und ihre Bewohner gut, Joshua. Aus welchen Motiven begeht ein Hawaiianer einen Mord?«

»Aus denselben Motiven wie die Menschen in New York«, antwortete er. »Geld, Eifersucht, Haß, Rache. Wahrscheinlich spielt Geld als Grund für einen Mord bei uns seltener eine Rolle. Eingeborene Hawaiianer können auf unseren Inseln ohne Besitz leben.«

»Was würden Sie mit einer falschen Zwanzigdollarnote anfangen, Lieutenant?«

»Vielleicht würde ich versuchen, einen meiner Freunde damit reinzulegen; selbstverständlich nur zum Spaß.«

»Und wenn Sie dreihunderttausend falsche Zwanziger hätten?«

»Es käme darauf an, wie gut die Blüten wären.« Er lachte.

»Wo kann ich in Honolulu Buddhafiguren kaufen?«

»In jedem Geschäft, das von den Touristen lebt.«

»Ich muß herausfinden, warum ein hawaiischer Matrose nach New York kommt und dort einen Gangster tötet«, sagte ich nachdenklich. »Genaugenommen muß ich zuerst feststellen, warum der Gangster vorher nach Honolulu kam. Ich weiß nicht, warum eine harmlose Stenotypistin getötet wurde, und wenn ich es nicht in Erfahrung bringe, besteht die Gefahr, daß für diesen Mord der falsche Mann gehängt wird. Gibt es zwei Sorten von diesen Andenkenfiguren in Buddhagestalt? Warum wurde ein Lagerverwalter gefoltert und getötet? Wieviele falsche Zwanziger gibt es? Wer hat sie – falls es sie gibt? Warum nennt eine Mutter die Entführung ihrer Tochter eine freiwillige Reise? Und, zum Teufel, wie hängen alle diese Ereignisse zusammen, wenn es mehr als ein Zufall war, der sie zusammenwürfelte.«

»Es begann mit der Ermordung Malaoh Hakaulais. Ich habe versucht, alles über den Mann herauszufinden. Er war reinrassiger Hawaiianer. Er arbeitete in verschiedenen Berufen, aber er wurde nie straffällig. Es gibt kein Motiv für seine Tat; es sei denn, er wollte den Mann, den er umbrachte, berauben.«

»Ich glaube, daß Gardiner und sein späterer Mörder hier auf Oahu zusammentrafen und daß das Motiv für den Mord in dieser Begegnung liegt.«

»Nehmen wir noch einen Schluck?« fragte Eton und wies auf unsere leeren Gläser.

»Trinken wir einen auf meine Kosten, Männer!« kicherte die blonde Texanerin. Sie war in den letzten Minuten so dicht an mich herangerückt, daß ich, wenn sie einatmete, das Ächzen ihres Büstenhalters hören konnte. »Ich zahle, solange Daddys Ölquelle sprudelt.«

»Sie haben den heutigen Börsenbericht noch nicht gelesen, Madam«, sagte ich. »Texas-Öl-Aktien sind fürchterlich gefallen, und Daddy ist wahrscheinlich pleite.«

Ich zog ein paar Dollars aus der Tasche und zahlte die Daquiris. Dabei blieb mir der zusammengefaltete Zettel in der Hand, den das Hula-Girl mir auf dem Flugplatz in die Finger gedrückt hatte. Während wir die Bar verließen, entfaltete ich ihn. Es war ein schlecht bedruckter Reklamewisch mit dem Text: »Besuch mich heute nacht im ›Paradise-Nightclub‹. Ich heiße Luana, und ich warte auf dich. Willst du nicht einmal Hawaii-Liebe erleben?«

Ich hielt Eton den Zettel hin. Er las und lächelte. »Luana hat sie für einen einsamen Mann gehalten, dem ihre Gesellschaft eine Handvoll Dollars wert ist. ›Paradise-Nightclub‹ liegt auf halbem Weg zum Diamond-Head, ein verdammt heißer Laden in einem ehemaligen Farmhaus. Die Offiziere und die höher bezahlten Verwaltungsbeamten von Pearl Harbor zählen zu den Stammkunden. Außerdem fängt sich Jack Galinas mit dem Luana-Trick gern Touristen schon am Flughafen und am Landungspier ein.«

»Galinas? Ist das der Name des Besitzers?«

Eton nickte. »Ich würde ihm gern ein Verfahren wegen Zuhälterei und der Organisation von Prostitution anhängen, aber ich kann nichts beweisen. Die Girls und die Gäste schweigen über alles, was in den Hinterzimmern geschieht.«

Wir erreichten den Ausgang. Eine Palmenallee führte zum Parkplatz des Hotels. Lieutenant Eton pflückte eine grellrote Blüte von einem Hibiskusstrauch. »Übrigens hat Malaoh Hakaulai eine Zeitlang im ›Paradise‹ gearbeitet. Allerdings gab er die Arbeit schon vor ungefähr einem halben Jahr auf. Ich befragte Galinas. Er wußte mir nichts von Bedeutung über den Mann zu sagen.«

Im Licht der Scheinwerfer leuchtete ein Hinweisschild auf: »Welcome im Paradise-Nightclub.« Der Taxifahrer stoppte vor dem Eingang eines langgestreckten, unübersichtlichen Gebäudes. Ich zahlte und stieg aus. Der betäubende Duft tropischer Blüten schlug mir entgegen. Als ich die Tür öffnete, glaubte ich, die Halle einer privaten Villa zu betreten.

»Aloha«, flötete ein Mädchen, das hinter einem Vorhang hervorkam. »Die Garderobe kostet fünf Dollar.« Ich besaß weder einen Mantel noch einen Hut. Trotzdem nahm die Kleine meine fünf Dollar mit Grazie an, barg den Schein in ihrem Brusttuch, nahm meine Hand und führte mich durch einen marmeladenrot beleuchteten Gang, der vor einem Vorhang endete. »Möchten Sie ein Girl, Sir?« fragte sie.

»Fangen wir erst einmal mit einem Drink an.« Sie schlug den Vorhang zurück. Der Raum hinter dem Vorhang war nicht wie ein gewöhnlicher Nightclub mit Tischen und Stühlen eingerichtet.

Als Sitz- und Liegegelegenheiten dienten breite Couches und tiefe Sessel. Es gab keine Bar. Girls in Hula-Röcken, mit aufgelöstem Haar und Blumenkränzen um den Hals brachten die Drinks auf kleinen Servierwagen.

Ich fand einen leeren Sessel und ließ mich hineinsinken. Er war breit und tief genug für eine fünfköpfige Familie. Ein Mädchen rollte sofort seinen Servierwagen heran. Sie war keine Polynesierin, sondern eine nahezu reinblütige Chinesin, ungewöhnlich hübsch mit schrägstehenden Augen, einer lackschwarzen Pagenfrisur und einer zierlichen Figur in einem weißen, engen bis weit über die Mitte der Oberschenkel geschlitzten Seidenkleid.

»Whisky mit viel Soda!«

Sie hantierte mit Gläsern, Eis und Flaschen. Als sie mir das Glas reichte, beugte sie sich weit zu mir herunter. »Sie wollen doch nicht allein bleiben, Sir?« zwitscherte sie in einwandfreiem Englisch.

»Nicht unbedingt.«

»Soll ich Ihnen Gesellschaft leisten?«

»Ich kam her, um Miß Luana zu treffen.«

Die kleine Chinesin lachte. »Wie Sie wünschen, Sir.«

Aus dem Nachbarsessel tauchten Kopf und Schulter eines mageren Mannes mit einem starken, rötlichen Schnurrbart auf. Er hatte wasserblaue Augen und eine lang heruntergezogene Nase. »Nehmen Sie Mi-Wong«, sagte er mit schwerer Zunge. »Sie ist erstklassig. Kennt alle Geheimnisse Asiens. Ich kann's beurteilen. Ich bin jede Woche drüben.«

Zwei volle, nackte Mädchenarme rankten sich aus den Tiefen des Sessels hoch, schlangen sich wie Lianen um den Hals des Schnurrbärtigen und zogen seinen Kopf hinunter.

»Falls ich Luana finde, schicke ich sie Ihnen«, versprach die Chinesin. »Vier Dollar, bitte, für den Whisky!«

Ich nippte an meinem Glas und beobachtete den Betrieb. Eine Drei-Mann-Band verkaufte Sweet-Musik, aber es wurde kaum getanzt. Die Männer hielten die Mädchen auf den Couches und in den Sesseln fest. Alle trugen Zivilkleidung, aber über den offenen Kragen der Waikiki-Hemden sah ich viele Köpfe mit dem Haarschnitt der Marineinfanterie.

Ein Mädchen glitt neben mir in den Sessel. »Aloha«, flüsterte sie. »Du möchtest Luana, Darling. Schenk mir zehn Dollar! Bestell mir Champagner!« Sie schmiegte sich an mich. Die Chinesin mit dem Servierwagen kreuzte auf. Luana bekam den gewünschten Champagner. Ich genehmigte mir noch einen Whisky auf Steuerzahlers Kosten. Mit dem ersten Schluck ging Luana auf Angriff über. Ihre Hände glitten über meine Arme, hoch zu den Schultern. Ihre Finger nestelten die Hemdknöpfe über meiner Brust auf, und ihre Hüften vibrierten in einem Dauer-Hula, der den ganzen Sessel in Schwingungen versetzte. Sie schmiegte ihr Gesicht an meine Wange, und während ihr aufgelöstes, langes Haar mir das Blickfeld verhängte, goß die Chinesin den Inhalt der Champagnerflasche in den Kühler, um die Zeche hochzutreiben.

Die Gitarrenspieler schlugen ein paar volle Akkorde. Luana unterbrach den Ringkampf mit mir. »Jetzt kommt eine Schau, Darling«, sagte sie.

Ein Scheinwerfer tauchte die kleine Tanzfläche ins Licht. Ein Mann in einem weißen Tropensmoking klatschte in die Hände. Er lächelte, und unter dem schwarzen Strich seines Schnurrbartes blitzten seine Zähne. »›Paradise-Nightclub‹ zeigt seinen Gästen einen echten Hula-Tanz, wie ihn die Hawaii-Mädchen tanzten, bevor die Missionare auf die Inseln kamen.«

Zwei braunhäutige Mädchen, die wie Schwestern von Luana aussahen, huschten in den Lichtkreis des Scheinwerfers. Sie hoben die Arme. Die Gitarren setzten ein. Die Mädchen ließen ihre Hüften kreisen. Sie boten eine Mischung aus Hula und Striptease, und sie besaßen genug natürliches Temperament, den Zuschauern gewaltig einzuheizen. Der magere Mann mit dem rötlichen Schnurrbart im Sessel neben mir tauchte auf und starrte mit vorquellenden Augen auf die Tänzerinnen. Als die Mädchen sich schließlich auch aus den Blumenkränzen wanden, brauste der Beifall auf.

Luana drückte meine Hand. »Laß uns gehen, Darling!« flüsterte sie.

»Wohin?«

»Wo wir allein sind.«

Ich ließ mich aus dem Sessel ziehen. Sie führte mich durch einen Vorhang in einen Gang, dann eine Treppe hoch, vorbei an einem halben Dutzend Türen, von denen sie eine öffnete. Sie schaltete eine Stehlampe ein. Der Raum war exotisch mit einer Strohmatte auf dem Fußboden und niedrigen Möbeln eingerichtet. Luana hielt mir ihre Hand unter die Nase. »Darling, fünfzig Dollar.«

Ich drückte ihre Hand runter. »Hören Sie zu, Miß, ich . . .«

»Vierzig Dollar!«

Ich legte beide Hände um ihre Oberarme und drückte sie auf die Couch. »Die Dollars, Darling.«

»Zum Teufel, halten Sie endlich den Mund! Sie werden ihren Fünfziger bekommen, wenn Sie mir ein paar Fragen beantworten. Seit wann arbeiten Sie im ›Paradise-Club‹?«

Verschüchtert zog sie sich bis an den Rand der Couch zurück. »Seit acht Monaten.«

»Sie haben Malaoh Hakaulai gekannt?« Sie nickte.

»Welchen Job hatte er?«

»Er machte alles. Oft sind die Gäste betrunken. Man muß sie nach Hause bringen. Malaoh fuhr das Auto mit den Betrunkenen.« Sie blickte mich ängstlich an. »Sind Sie ein Polizist?«

Ich beantwortete die Frage nicht, sondern zeigte ihr ein Foto von Glendon Gardiner. »War dieser Mann hier?«

»Ich erinnere mich nicht. Es kommen viele Leute.«

»Malaoh Hakaulai ging nach New York, um diesen Mann umzubringen. Er muß ihm hier auf den Inseln begegnet sein.«

»Er kam nicht mehr oft in den ›Paradise-Club‹, seit er nicht mehr für Mr. Galinas arbeitete.«

»Nicht mehr oft, aber er kam?«

»Ja, um Raola zu sehen.«

»Wer ist Raola?«

»Sie arbeitete hier. Malaoh war in sie verliebt.«

»Wo ist sie jetzt?«

Sie bewegte die runden nackten Schultern. »Ich weiß es nicht. Eines Tages kam sie nicht mehr.«

»Wann war das?«

»Ungefähr vor einem Monat.«

Die Tür flog auf. Luana schrie erschrocken. In der Öffnung stand der Mann im weißen Tropenjackett, der den Hula-Strip angesagt hatte. »Raus, mein Freund!« befahl er. »Ich dulde in meinem Laden keine Sachen, die gegen das Gesetz verstoßen. Sie können im Club so viel mit den Mädchen schmusen, wie Sie wollen, aber es ist den Girls streng verboten, die Gäste auf ihre Zimmer zu lotsen.«

Er ging an mir vorbei, baute sich vor Luana auf und sagte zwischen zusammengebissenen Zähnen: »Das weißt du doch, oder?« Er holte aus und schlug das Mädchen rechts und links ins Gesicht. Als er zum zweiten Mal zuschlagen wollte, fing ich seinen Arm ab und riß ihn herum. »Halim! Kov!« fauchte er.

Die Typen, die auf diesen Ruf in das Zimmer drangen, besaßen nicht den leisesten Südseecharme. Es waren klobige Schlägerfiguren, die geradewegs aus der Bronx oder von Manhattans Westseite stammen mußten. Genauso benahmen sie sich. Sie stürzten sich auf mich. Der Größere und Schwerere traf mit einem schweren Fausthieb meinen Nacken. Ich mußte den Mann im Tropenjackett loslassen, wirbelte herum und setzte dem Burschen die Faust in die Magengrube. Er gluckste wie ein auslaufendes Faß. Als ich nachsetzen wollte, warf mir sein Kumpan von hinten einen Arm um den Hals und riß mich zurück. Der andere griff in die Tasche. Mit einer schnellen Bewegung streifte er einen bösartig aussehenden Schlagring über seine rechte Faust. »Noch eine Bewegung, und ich zertrümmere dir den Kiefer«, knurrte er.

Der Mann hinter mir drückte mir mit dem Unterarm die Luft ab. »Okay, beenden wir das Spielchen«, keuchte ich, »oder es könnte zu teuer werden; für euch, meine ich.«

Der Bursche im Tropenanzug klopfte seinen Ärmel dort ab, wo ich ihn angefaßt hatte. »Ah, Sie kommen zur Vernunft, Sir«, höhnte er. »Sie möchten gehen? Selbstverständlich werde ich Sie nicht zurückhalten. Gedulden Sie sich nur eine Sekunde!« Er drehte sich scharf auf dem Absatz um. »Luana!«

Das Mädchen, das auf der Couch kauerte, stand auf. »Mr. Galinas, bitte«, flüsterte es.

»Ist es richtig, daß du niemanden mit auf dein Zimmer nehmen darfst?«

»Ja, es ist verboten, Mr. Galinas. Sie haben es verboten.«

»Und du wirst dieses Verbot in Zukunft beachten?«

»Selbstverständlich, Mr. Galinas.«

»Damit du es nicht vergißt, meine braune Süße!« sagte er und holte aus.

Sicherlich war Luana ein Girl, über dessen Lebensführung die Mitglieder eines amerikanischen Frauenvereins entsetzt gewesen wären. Aber dieser geschniegelte Bursche schlug aus purem Sadismus, und das war mehr, als ich ansehen konnte. Mit aller Wucht ließ ich mich rückwärts fallen, quetschte den Gorilla, dessen Arm um meinen Hals lag, gegen die Zimmerwand und landete gleichzeitig einen bildschönen Fußballkick gegen die bewaffnete Faust des anderen. Ich traf sein Handgelenk wuchtig und genau. Er röhrte auf. Der Totschläger rutschte von seinen Fingern und klirrte auf den Boden. Als er sich bückte, versuchte ich, ihn mit einem zweiten Fußtritt auszuknocken. Ich traf nur seine Schulter. Er fiel zwar schwer wie ein Elefant auf sein breites Gesäß, aber er bekam den Totschläger zu fassen, und er blieb aktionsfähig.

Ich glaube, ich hatte in diesem Augenblick nicht mehr viel Aussichten. Der Kerl in meinem Rücken hielt eisern fest, obwohl ich ihm die Ellbogen in die Magengrube rammte. Der Totschlägerbesitzer wuchtete sich auf seine Füße. In dieser Sekunde erlosch das Licht.

Ich war nicht weniger überrascht als Galinas und seine Gorillas. Irgendwer platzte in den dunklen Raum. Glas klirrte, und der Mann, der mich festhielt, stöhnte. Eine Faust packte mich. »Kommen Sie! Schnell!« zischte die Stimme eines Mannes, dessen Atem mich traf, und dieser Atem roch nach Whisky wie ein offenes Faß. Der Schraubstock im meinen Hals löste sich. Ein Körper polterte zu Boden. Der Mann mit dem Whiskysduft riß mich in den Flur hinaus. »Hier entlang!« Ich ließ mich von ihm in seine Richtung zerren. Wir polterten eine schmale Treppe hinunter. Mein Führer stieß eine Tür auf. Zum ersten Mal sah ich gegen den sternübersäten Tropenhimmel die Umrisse seiner Gestalt. Es war riesig wie eine Felswand. Seine Stimme, ein rauher Baß, hatte ich schon gehört. »Noch sind wir auf Jacks Gebiet! Bleiben Sie in meiner Spur, G-man!« Er brach durch die Büsche wie ein Nashorn. Das Gelände senkte sich stark. Nach rund zweihundert Yard erreichten wir die Straße, die vom Diamond-Head nach Waikiki-Beach führt.

Ich erkannte in meinem Retter den graumähnigen Schriftsteller, der auf Cynthias Schreibtischkante im Haddican-Büro gesessen hatte. »Hallo, Mr. Callahan, nicht wahr?«

Er lehnte sich an den Stamm einer Palme und schnaufte wie ein Blasebalg. »Verdammt, für solche Turnübungen bin ich zu fett.« Er trug noch immer den sackweiten, angeschmutzten Tropenanzug, in dem ich ihn in New York kennengelernt hatte.

»Danke für die Hilfe! Waren Sie im Club?«

Er nickte. »Ich sah Sie reinkommen, und ich wollte Sie begrüßen. Aber dann lachten Sie sich das Mädchen an, und ich dachte, es wäre Ihnen lieber, wenn Sie beim Amüsieren nicht gestört würden.«

»Ich wurde gestört.«

Er fuhr sich durch die graue Mähne. »Als Jack seinen Gorillas Halim und Kovalek winkte, und sie Ihnen und dem Mädchen nachgingen, ahnte ich, daß es Ärger geben würde. Ich hielt es deshalb für notwendig, mal nachzuschauen. Wissen Sie, daß die Flasche, die ich Kovalek auf den Schädel schlug, mindestens noch vier Unzen Whisky enthielt?«

»Ich leiste Ersatz. Haben Sie das Licht gelöscht?«

»Der Hauptschalter befindet sich an der Wand im Korridor. Ich kann mich mit Halim und Kovalek nicht auf ein Gefecht einlassen. Die Jungs würden mich zur Fußmatte verarbeiten. Nur in einem Überraschungangriff konnte ich siegen.«

»Sie kennen sich im ›Paradise-Club‹ gut aus?«

Er ginste. »Ich kenne mich in jeder Kneipe auf den Inseln gut aus.« Er blickte nach rechts und links. »Irgendwie müssen wir nach Honolulu gelangen. Weiter unten steht ein Spezialitätenrestaurant, von dem aus wir telefonieren können.«

Wir trabten die Landstraße entlang. »Warum gerieten Sie mit Galinas in Streit?« erkundigte sich der Schriftsteller.

»Er glaubte, ich stünde im Begriff, die strengen moralischen Grundsätze seines Nightclubs zu verletzen.«

»Unsinn! Der Club ist nichts anderes als ein getarntes Bordell.«

»Kennen Sie die Mädchen, die dort arbeiten?«

»Die Whiskysorten kenne ich besser. Whisky interessiert mich mehr.«

»Ich muß ein Mädchen finden, das Raola heißt.«

Callahan blieb stehen. »Ich dachte mir, daß Sie nicht zum Vergnügen nach Honolulu kamen. Los, G-man, ernennen Sie mich zu Ihrem Assistenten! Ich lebe seit zehn Jahren auf den Inseln, und ich weiß erstklassig Bescheid. Von mir können Sie alles erfahren, was nicht in den offiziellen Fremdenführern steht.«

»Ich zeigte Ihnen in New York das Bild eines Matrosen.«

»Ich erinnere mich. Die Aufnahme eines toten Mannes.«

»Dieser Matrose war mit dem Mädchen Raola befreundet. Er arbeitete früher im ›Paradise-Club‹.«

»Haben Sie von Ihrer Freundin nicht erfahren können, wo sich Raola aufhält?«

»Sie wußte es nicht. Raola verschwand vor ungefähr einem Monat aus dem Club.«

»Verlassen Sie sich auf mich, G-man!« trompetete Callahan. »Ich werde das Girl finden. Haben Sie sonst noch irgendwelche ungelösten Rätsel?«

»Ja! Ich möchte wissen, bei welchem Freund sich Cynthia Haddican aufhält.«

»In New York?«

»Nein, hier in Honolulu oder auf irgendeiner Insel des Archipels.«

Er fuhr sich mit der Hand durch die graue Haarmähne. »Die süße Cynthia ist hier? Jedesmal, wenn ich sie sehe, wünsche ich mir, zwanzig Jahre jünger zu sein.«

»Haben Sie Helen Haddican in New York noch getroffen?«

Er seufzte. »Ich telefonierte mit ihr, und sie sagte, sie dächte nicht daran, meinen Durst zu finanzieren. Ich war froh, daß ich mit einer ihrer Chartermaschinen zurückfliegen durfte.«

Wir erreichten das Restaurant. Eine Touristengesellschaft saß blumengeschmückt im Innenhof und aß sich durch die zahllosen Gänge eines ›Luaus‹, eines hawaiianischen Festmahls. Drei Dutzend Taxis warteten darauf, die gemästeten und an Dollars erleichterten Gäste nach Honolulu zurückzubringen. Wir mieteten einen Wagen. Während der Fahrt fragte Callahan: »Kamen Sie nur her, um diesen einen Mord aufzuklären?«

»Es handelt sich nicht um einen Mord, sondern um drei.«

»Wer noch, außer dem Mann, der von dem Matrosen umgebracht wurde?«

»Eine Stenotypistin, die von einem Hawaii-Trip zurückkam, und Helen Haddicans Lagerverwalter.«

»Das hört sich an, als ob Helen in Schwierigkeiten steckte. Warum wurde der Verwalter gekillt?«

»Ein noch ungelöstes Rätsel«, antwortete ich. Ich sah keinen Grund, den falschen Zwanziger in Theanes Tabakdose zu erwähnen.

Das Taxi stoppte vor dem Cook-Hotel, in dem ich wohnte. »Ich werde Sie anrufen, sobald ich etwas über Raola in Erfahrung gebracht habe«, versprach Callahan. Er grinste und massierte sein Doppelkinn. »Ich weiß nicht, ob Sie noch Durst spüren, G-man, aber ich muß ständig an den vergeudeten Rest in meiner Flasche denken. Als Haarwasser für Kovaleks Borsten war er wirklich zu schade. Wie wäre es mit einem kleinen Vorschuß für Ihren Assistenten?«

Er streckte mir ungeniert die Hand hin, und als ich zwanzig Dollar zückte, nahm er den Schein und sagte ohne jedes Zeichen von Verlegenheit: »Nun ja, als Staatsbeamter können Sie vermutlich nicht großzügiger sein. Zahlen Sie wenigstens noch das Taxi!«

Am Morgen traf ich Lieutenant Eton an der Vierzig-Yard-Bartheke des Pacific-Sunrise-Hotels. Trotz der frühen Stunde – es war neun Uhr morgens – herrschte an der Theke hochtouriger Betrieb. Leute, die während der Nacht kein Bett gesehen hatten, versuchten, sich aufzufrischen. Girls, auf dem Weg zum Strand, glitten auf der Suche nach einem Begleiter an der Bar entlang. Die hochbusige, knallblonde Öltochter aus Texas stand eingekeilt zwischen vier muskelbepackten, braunhäutigen Wellenreitern und fühlte sich ungeheuer wohl.

Ich nippte an meinem Ananassaft. »Erzählen Sie mir mehr von Jack Galinas, Lieutenant.«

»Er scheint über viel Geld zu verfügen. Vor einem Jahr mietete er einen großen Landsitz auf Hawaii, unmittelbar in der Nähe des Mauna-Loa-Vulkans, aber er hält sich selten dort auf.«

»Anscheinend hält er sich eine Leibgarde.«

»Sie sprechen von Cliff Halim und Stan Kovalek? Er hat sie aus Los Angeles importiert. Ich kenne ihre Strafregister. Jeder ist mindestens ein Dutzend Mal wegen Körperverletzung verurteilt worden. Vermutlich braucht Galinas solche Typen für seinen Laden. Ein hoher Prozentsatz seiner Kundschaft besteht aus hartgesottenen Berufssoldaten, die von Pearl Harbor herüberkommen. Sie schlagen schnell Krach, wenn sie entdecken, daß Galinas' Mädchen in wenigen Stunden eine Monatslöhnung zu kassieren verstehen.«

»Sicherlich kennen Sie auch Robert Callahan?«

Er lachte. »Whisky-Robbie! Wer kennt ihn nicht? Er kam her, um der Hemingway der Hawaii-Inseln zu werden. Er wurde nur ein Landstreicher am Strand von Waikiki. Hin und wieder verdient er ein paar Dollars als Fremdenführer.«

»Callahan haute mich raus, als Galinas' Gorillas auf dem besten Wege waren, mich durch die Mangel zu drehen.«

»Robbie? Er muß so blau gewesen sein, daß er nicht wußte, was er tat. Anscheinend steckt doch noch ein Körnchen Hemingway in ihm. Aber warum gerieten Sie mit Galinas aneinander?«

»Verletzung der Sittlichkeit«, antwortete ich lächelnd. »Joshua, ich muß das Mädchen finden, das Raola heißt und für Galinas gearbeitet hat.«

»Eine Eingeborene? Wissen Sie nicht den vollständigen Namen?«

»Ich weiß nur, daß sie mit dem Matrosen befreundet war, der Glendon Gardiner umbrachte.«

Hinter uns zog die Texanerin mit den vier Wellenreitern ab. »Versprecht mir, daß ihr mich rausholt, Jungs! Ich kann nicht Wellenreiten.« Sie freute sich schon aufs Gerettetwerden.

»Roala?« wiederholte Lieutenant Eton. »Ich bin sicher, den Namen schon einmal gehört zu haben. Eine Sekunde, Cotton?« Er winkte einem Keeper und ließ sich ein Telefon geben. Er rief das Präsidium an und ließ sich mit seinem Assistenten verbinden.

»Vor einigen Wochen hatten wir eine Unfallmeldung. Ein Girl verunglückte mit einem Auslegerboot in der Nähe seiner Heimatinsel. Ich brauche den vollständigen Namen.« Er wartete drei oder vier Minuten. Dann sagte er: »Ja, ich höre noch. Raola Ramacutu«, wiederholte er den Namen. »Ein dreiundzwanzigjähriges Tanzmädchen. Ja, ich verstehe. – Haie. Die Identifizierung war schwierig.«

Er verdeckte die Muschel mit der Hand. »Ich fürchte, es handelt sich bei dem verunglückten Mädchen um die Raoloa, die Sie suchen, Cotton.«

»Wann verunglückte sie?« Er gab die Frage weiter und nannte das Datum. Zu dieser Zeit hatte sich Glendon Gardiner noch auf der Insel aufgehalten.

»Steht zweifelsfrei fest, daß es ein Unglücksfall war?«

»Das Mädchen besuchte seine Eltern, die auf einer der kleinen Inseln leben. Es wollte mit dem Postschiff nach Honolulu zurückfahren. Das Schiff legt nur auf einer Nachbarinsel an, und Raola benutzte ein Auslegerboot, um hinüberzufahren. Darin ist nichts Außergewöhnliches. Echte Hawaii-Mädchen verstehen es, mit Booten umzugehen.«

»Trotzdem verunglückte sie?«

»Auslegerkanus schlagen leicht um, aber sie lassen sich auch leicht wieder aufrichten. Wenn allerdings Haie zu nahe sind, dann ...« Er machte eine Geste der Resignation.

Ich glitt vom Barhocker. »Bitte, fahren Sie mit mir zum ›Paradise-Club‹.«

»Warum?«

»Damit Luana nicht das Schicksal ihrer Kollegin teilen muß.«

Dieses Mal benutzten wir den weißen Mustang, den Eton für mich beschafft hatte. Mit hoher Geschwindigkeit rasten wir die Straße zum Diamond-Head hoch, bogen in die

Zufahrt ein, und ich stoppte vor dem Eingang des Clubs.

Das Innere aller Nightclubs sieht im Tageslicht staubig, schmutzig und schäbig aus. Eine dicke Negerin bearbeitete die Polster mit einem Staubsauger. Die schmale Chinesin, die mir in der vergangenen Nacht die Drinks verkauft hatte, stand an einem Wasserbecken und spülte Gläser. Sie trug einen fleckigen, weißen Kittel. Ihr Gesicht was spitz, mit großen Rändern unter den Augen und grauer Hautfarbe. Sie sah so wenig verführerisch aus wie eine Straßenarbeiterin in Peking. Sie erkannte den Lieutenant und zeigte ein süßsaures Lächeln. »Wollen Sie den Chef sprechen?« Sie wartete die Antwort nicht erst ab, sondern verschwand hinter einem Vorhang.

Derselbe Vorhang gab wenig später meine Ringkampfpartner der vergangenen Nacht frei. Cliff Halim hatte ein knochiges Gesicht mit tiefliegenden Augen und einem dicklippigen Mund. Stan Kovalek sah aus, als wäre er aus einem Trumm Holz mit einem Handbeil herausgeschnitzt worden. Sein Gesicht zeigte slawische Züge mit kleinen, hellen Augen und stark vorspringenden Backenknochen.

Der Vorhang teilte sich noch einmal. Galinas erschien auf der Szene. Er trug zwar einen Morgenrock, aber sein schwarzes Haar lag glatt an seinem Kopf, und er war sorgfältig rasiert. Mit dem Zeigefinger betupfte er den schwarzen Schnurrbartstrich auf seiner Oberlippe.

»Hallo, Lieutenant!« sagte er lässig. »Hat sich dieser Bursche bei Ihnen beschwert? Cliff und Stan waren völlig im Recht, als sie ihn auf meinen Befehl an die Luft setzten. Er folgte einem unserer Mädchen in sein Zimmer, und ich kann es nicht ausstehen, wenn die Gäste glauben, die Girls wären Freiwild.«

»Okay, Mr. Galinas, knipsen sie die Beleuchtung Ihres Heiligenscheins aus«, sagte ich trocken. Ich zeigte meinen Ausweis. »Cotton vom FBI.«

Er zog die Augenbrauen hoch. »Warum haben Sie das nicht in der Nacht gesagt, G-man?«

»Haben Sie es nicht gewußt?«

»Oh, nein, G-man. Ich hielt Sie für einen hitzigen und reichlich betrunkenen Gast.«

»Wo ist das Mädchen?«

»Luana? Sie schläft, nehme ich an.«

»Wecken Sie Luana und holen Sie sie her!«

»Haben Sie schon wieder Sehnsucht nach ihr?«

»Heute morgen bin ich nicht besonders humorvoll, Mr. Galinas. Ich will das Mädchen sehen.«

Sein Lächeln verschwand. »Das ist mein Haus, G-man, und auf dieser Insel gilt das Recht der Vereinigten Staaten. Haben Sie einen Haussuchungsbefehl, G-man?«

»Sie handeln sich eine Menge Schwierigkeiten ein, Galinas«, warnte Lieutenant Eton.

Der Nightclub-Chef lachte. »Schon gut, Lieutenant. Mit Ihnen bin ich immer ausgekommen, aber ich lasse mich nicht von einem Mann einschüchtern, nur weil er FBI-Beamter ist. Kommen Sie!«

Er führte uns in den Korridor und die Treppe hoch zu dem Zimmer, in das mich in der vergangenen das Mädchen gebracht hatte. Er stieß die Tür auf. »Geben Sie Ihrer Süßen ruhig ein Morgenküßchen, G-man! Wir sehen nicht hin.«

Luana lag auf dem Bett und starrte die Männer, die plötzlich in ihrem Zimmer standen, aus erschreckt aufgerissenen Augen an. Sie zog die dünne Decke bis ans Kinn. Ihre rechte Wange war geschwollen, die Unterlippe an zwei Stellen aufgeplatzt. Ich setzte mich auf den Rand des Bettes. »Sie sind geschlagen worden, Luana. Sie können die Leute, die Sie schlugen, anzeigen.«

Sie schüttelte den Kopf.

»Ich habe Sie nach Malaoh Hakaulai gefragt, und Sie erwähnten seine Freundin Raola. Sagen Sie mir den vollständigen Namen!«

Über meine Schultern hinweg sah sie Galinas an. »Sprechen Sie von Raola Ramacutu?« fragte er. »Soviel ich weiß, verunglückte das Mädchen vor einigen Wochen.«

Ich wandte mich an ihn. »Hat der Matrose noch einmal nach seiner Freundin gefragt?«

Galinas dachte nach. »Ja, ich glaube, er war danach noch einmal hier, und wir sagten ihm, daß Raola von einem Urlaub nicht zurückgekommen war.«

Ich zeigte ihm ein Bild Gardiners. »Kennen Sie diesen Mann?« Er warf einen flüchtigen Blick auf das Foto. »Möglich, aber ich kann mich nicht an das Gesicht jedes gelegentlichen Gastes erinnern.«

»Wer hat Ihnen gestern nacht gesagt, daß ich FBI-Agent bin?«

»Niemand, zum Teufel! Ich hielt Sie für einen unmoralischen Burschen. Nur aus diesem Grund ließ ich Sie rauswerfen.«

»Ich glaube Ihnen kein Wort, Galinas, aber vorläufig kann ich Ihnen nichts beweisen. Trotzdem möchte ich Sie warnen. Hüten Sie sich davor, dem Mädchen ein Haar zu krümmen.« Ich wies auf Luana. »Einen zweiten Unfall werden wir Ihnen nicht abnehmen.«

Er grinste unverschämt. »Haben Sie Feuer gefangen, G-man? Wollen Sie heiraten? Luana ist an lockere Sitten gewöhnt. Als Ihre Ehefrau könnte sie auf den Gedanken verfallen, sich im Kreise Ihrer Kollegen zu tummeln, während Sie nachts Gangstern nachlaufen.«

Ich blickte in seine dunklen Knopfaugen. »Schon gut, Galinas«, sagte ich ruhig. »Sie gehören zu den Leuten, die ihre Witze aus dem untersten Dreck einer Mülltonne basteln.« Lieutenant Eton und ich verließen das Zimmer. Während wir zur Treppe gingen, wurde eine Tür auf der anderen Seite geöffnet. Ein Mann kam heraus und blieb, als er uns sah, stehen. »Hallo, Oberst!« rief Eton.

Der Mann starrte uns aus wasserblauen, stark geröteten Augen an. Er trug ein zerdrücktes Dinnerjackett und kaute an seinem starken, rötlichen Schnurrbart. Mit einer Hand fuhr er sich durch das spärliche, ebenfalls rote Haar. »Der Henker mag wissen, was diese Verbrecher neuerdings in ihre Drinks panschen. Mein Schädel platzt.«

Ich erkannte ihn. Er hatte im Nachbarsessel gelegen und mir empfohlen, die Chinesin zu wählen.

Galinas drängte sich zwischen uns und den Schnurrbärtigen. »Ausgeschlafen, Oberst? Sie waren gestern nicht mehr transportfähig. Ich ließ Sie raufbringen, damit Sie sich ausschlafen konnten. Dienst am Kunden.«

»Lassen Sie mich nachsehen, wer dem Oberst Gesellschaft geleistet hat«, sagte Eton. Mit einer geschmeidigen Bewegung glitt er an den Männern vorbei und stieß die Tür auf.

Das Mädchen stand in der Zimmermitte und war damit beschäftigt, sein langes schwarzes Haar mit einer Schleife zusammenzubinden. Diese Schleife, ein rotes Seidenband von zehn Zoll Länge und einem Zoll Breite, war das einzige Stück Stoff an dem Girl. Eton zog die Tür sofort wieder ins Schloß. »Der Oberst hat in diesem Zimmer nicht die Nacht verbracht, sondern geriet nur aus Versehen hinein, als er betrunken war«, erklärte Galinas. »So würde unsere Aussage lauten, falls Sie aus dieser zufälligen Begegnung eine Anklage gegen mich konstruieren wollen, Lieutenant.«

»Genauso war es«, trompetete der Schnurrbärtige. Er hob die Hand und wies auf mich. »Sie kenne ich auch!« Er sprach mit schwerer Zunge und hatte den Alkohol offensichtlich noch nicht völlig ausgeschwitzt.

»Das ist Jerry Cotton vom FBI«, sagte Lieutenant Eton.

»Ein G-man? Warum kamen Sie in den ›Paradise-Club‹?«

»Fragen Sie Galinas! Übrigens – wenn Sie Stammgast in diesem Laden sind, dann haben Sie vielleicht diesen Mann hier gesehen!« Ich holte das Gardiner-Foto aus der Tasche und hielt es dem Oberst vor die Augen. Er starrte es an. »Was geschah mit dem Burschen?« fragte er.

»Er wurde ermordet. Sein Mörder benutzte eine Machete.«

Galinas packte den Schnurrbärtigen energisch am Arm. »Kommen Sie, Oberst! Ich werde dafür sorgen, daß Sie einen starken Kaffee erhalten.«

»Wir können Sie mit in die Stadt nehmen«, schlug Eton vor, aber Galinas schleifte seinen Gast fast mit Gewalt aus unserer Reichweite. Begleitet und überwacht von Cliff Halim und Stan Kovalek, verließen wir den Bau. Erst, als wir im Wagen saßen, tauchte Galinas wieder auf.

»Wir sind ein wenig hart aneinandergeraten, G-man«, sagte er in völlig verändertem Tonfall, »aber ich möchte keinen Streit mit Ihnen und schon gar nicht mit dem FBI. Ich garantiere Ihnen, daß Luana nichts geschieht. Besuchen Sie uns, wenn Sie sich am Abend langweilen.« Er hob grüßend die Hand. »Falls Sie Whisky-Robbie begegnen, so sagen Sie ihm, daß er sich besser ein paar Wochen nicht hier sehen läßt. Kovalek ist augenblicklich nicht gut auf ihn zu sprechen.«

Ich gab Gas und steuerte den Mustang zur Straße. »Wer ist dieser Oberst? Ein Offizier von Pearl Harbor?«

»Er war mal in der Army, aber er brachte es nur bis zum Captain. Unter Alkohol pflegt er sich selbst zu befördern. Er sagt, wenn er in der Army geblieben wäre, dann hätte er es inzwischen bis zum Oberst gebracht.«

»Wie heißt er?«

»Frederic Orville.«

»Wovon lebt er?«

»Er betreibt eine kleine Charterfluggesellschaft. Früher flog er die Touristen mit Sportmaschinen zu den anderen Inseln. Im Laufe des Vietnamkrieges rüstete er auf zwei Herkules-Transporter um und unterhält einen Charterdienst nach Saigon.«

»Für die Armee?«

»Nicht unmittelbar. Aber viele amerikanische Firmen arbeiten in Vietnam für Straßenbau, Versorgungsanlagen usw. Oberst Orville fliegt für sie Maschinen, Werkzeug, Material oder was sonst benötigt wird.« Eton zündete sich eine Zigarette an. »Wenn der Krieg liquidiert wird, muß er wieder zur Touristenfliegerei zurückkehren.«

»Hat er Touristen für das Haddican-Büro geflogen?«

»Keine Ahnung, Cotton. Möglich, daß er mit Helen Haddican zusammenarbeitete. Aber es gibt viele kleine Fluggesellschaften, die von der Touristenfliegerei leben. Wer als Tourist nach Honolulu kommt, will auch die anderen Inseln sehen, besonders Hawaii selbst. Auch Sie sollten es nicht versäumen, Cotton. Wir können Ihnen auf Hawaii den einzigen Feuersee der Welt zeigen, an dessen Rand Touristen spazierengehen können. Übrigens liegt Galinas Landsitz nur ein paar Meilen von dem Krater entfernt. Wahrscheinlich zahlt er aus diesem Grund nicht sehr viel Miete. Von Zeit zu Zeit spucken unsere Krater und Vulkane Feuer und Lava, und niemand kann voraussagen, in welche Richtung sie spucken.«

Ich setzte Eton vor dem Polizeihauptquartier ab. In meinem Hotel fand ich ein Telegramm mit ein paar Codeworten, die besagten, daß Phil mit einem Flugzeug der National-Charter-Fly-Company noch heute in Honolulu ankommen würde. Ich rief den Flughafen an und erfuhr, daß die Maschine Verspätung hatte und die Ankunftszeit noch nicht feststand. Da Phil als Tourist mit der Haddican-Organisation reiste, beschloß ich, im Pacific-Sunrise-Hotel auf ihn zu warten.

Ich aß im Restaurant des Hotels. Dann suchte ich mir einen Sessel in einer ruhigen Ecke der Halle.

Gegen drei Uhr stoppte ein Bus vor der Hotelauffahrt. Eine Ladung Touristen quoll aus den Türen; Amerikaner aus New York, Männer und Frauen, Junge und Alte bunt durcheinander, alle mit bleichen Großstadtgesichtern und in ihren dicken Kleidern schwitzend. Die meisten waren mit Taschen und Kameras behängt. Sie brandeten gegen den Empfangstisch an. Sofort entstand Streit um die Verteilung der Zimmer.

Phil verließ den Bus als letzter. Er stellte die Flugtasche ab, wandte sich noch einmal zum Bus und hob ein weißblondes Mädchen in einem hellblauen Mini-Mini-Kleid vom Trittbrett. Er faßte das Girl mit beiden Händen um die Taille und schwenkte es in einem Halbkreis herum, bevor er es vorsichtig absetzte. Das Mädchen lächelte und dankte mit einem spöttischen Knicks.

In der Türöffnung des Busses erschien ein zweites Mädchen, auch weißblond, auch miniberockt, allerdings in Hellrot. Phil verfuhr genauso beim Ausladen und stellte ›Hellrot‹ neben ›Hellblau‹. Dann zwängte er sich zwischen beide Mädchen, bot jedem einen Arm und führte sie in die Hotelhalle.

Er sah mich, wechselte mit den Mädchen ein paar Worte und steuerte sie nicht in das Getümmel am Empfangstisch, sondern zur Bar. Ich wartete ein paar Minuten, stand auf und schlenderte zur Theke. Ich kam gerade noch rechtzeitig, um einem dicken, zigarrenqualmenden Burschen den Weg abzuschneiden und ihm den Anlegeplatz an der Seite des Mädchens in Hellrot wegzunehmen.

»Hallo«, sagte ich.

»Hallo«, antwortete das Mädchen. »Sie sind auch noch nicht lange hier. Ihre Bräune taugt nicht viel.«

Sie hatte ein rundes Gesicht mit blauen Augen, einem hübschen Mund und einer schmalen Nase. Ihre Schwester beugte sich vor. »Hast du dir einen geangelt, Rosy?« Sie sah ihrer Schwester ähnlich wie ein Ei dem anderen. Sie waren Zwillinge.

Rosy wies mit dem Daumen auf mich. »Gefällt er dir?«

Die hellblaue Schwester musterte mich kritisch. »Männlich sieht er zwar aus«, stellte sie fest, »aber ich weiß nicht, ob ich ihn gegen Phil eintausche.« Sie hängte sich auf Phils Schulter und küßte ihn auf die Wange. »Ich habe heute nacht himmlisch bei dir geschlafen, Darling.«

»Nicht bei mir, sondern an meiner Schulter und in einem mit neunzig Personen besetzten Flugzeug«, stellte Phil richtig. »Du neigst zur Übertreibung, Grace!« Er hob sein Glas gegen mich, wie man einem Fremden an der Bar zuprostet. »Als ich diesen Trip buchte, träumte ich von braunhäutigen, schwarzäugigen und schwarzhaarigen Eingeborenenmädchen. Mein verdammtes Pech führte mich aber schon im Flugzeug auf den Platz zwischen zwei blonde, blauäugige Bronx-Girls, die sich außerdem so lächerlich ähnlich sehen, daß ich mich nicht entscheiden kann.« Er rutschte von seinem Barhocker herunter, ging um Rosy herum und kam an meine Seite.

»Wenn Sie mir eine von beiden abnehmen, werde ich Ihnen auf ewig dankbar sein«, sagte er. Rosy wechselte den Hocker und tuschelte mit ihrer Schwester. Phil beugte sich zu mir und zischte: »In meiner Maschine flog 'ne Überraschung mit. Wir müssen ungestört miteinander sprechen.«

Ich klopfte ihm auf die Schulter. »Wenn Sie sich entschlossen haben, welches Mädchen Sie abgeben wollen, rufen Sie mich an.« Ich schrieb meine Zimmernummer im Cook-Hotel auf einen Zettel. Er nahm ihn und ließ ihn in der Tasche verschwinden.

Rosy und Grace winkten, als ich die Bar verließ. Ich durchquerte die Halle. Der Bus hatte die Auffahrt geräumt. Als ich den Ausgang passierte, riß der Portier gerade die Tür eines Taxis auf. Eine Frau stieg aus. Sie trug ein graues Jackenkleid. Eine schwere Aktentasche aus Krokodilleder war ihr einziges Gepäckstück. Als der Portier sie ihr abnehmen wollte, wehrte sie ab.

Auf zwei Schritte Abstand blickten wir uns in die Augen. »Guten Tag, Mrs. Haddican«, grüßte ich.

Helen Haddican machte aus ihren Gefühlen keinen Hehl. »Gehen Sie zur Hölle, Schnüffler«, fauchte sie. Dann ging sie dicht an mir vorbei ins Hotel.

Phil rief am späten Nachmittag an. »Uff, bis jetzt hatte ich Rosy und Grace auf dem Hals. Bist du Helen Haddican begegnet?«

»Ja. Sie wünschte mich ohne Umschweife in die Hölle.«

»Hör zu, Jerry! Während wir Touristen in den Bus verladen wurden, blieb sie bei der Maschine zurück. Ich konnte nicht herausfinden, warum sie es tat, und ich wollte meine Touristenrolle nicht gefährden. Außerdem ließen mich die Zwillinge nicht aus ihren lackierten Krallen. Schließlich konnte ich sie mit der Ausrede abschütteln, ich hätte eine Tasche im Flugzeug zurückgelassen. Der Bus wartete ohndies noch auf unser Gepäck. Ich rannte zur Restaurationsplattform, von der aus ich unsere Maschine sehen konnte. Das Gepäck war schon ausgeladen worden und wurde von Elektrokarren zum Frachtexit gefahren. Nur ein einzelner Karren nahm vom Flugzeug aus Kurs auf den Hangar an der Westseite. Helen Haddican stand neben dem Fahrer.«

»Was hatte der Karren geladen?«

»Soviel ich erkennen konnte, Gepäck. Er verschwand im offenen Tor eines Hangars. Ich mußte zurück zum Bus und zu meinen Zwillingen.«

»Danke, Phil! Ich werde mich am Flughafen umsehen.«

»Bist du vorwärts gekommen?«

»Vorwärts bis in einen Nightclub, in dem alle Spuren enden. Gardiners Mörder arbeitete zeitweise in dem Laden. Anscheinend liebte er eines der Clubgirls. Dieses Mädchen kam durch einen Unglücksfall um, während sich Gardiner auf der Insel aufhielt. Ich habe keinen Beweis, nicht einmal einen Hinweis, daß er an dem Tod des Mädchens in irgendeiner Weise beteiligt war.«

»Und Cynthia Haddican?«

»Hat das Hotel nie betreten, sondern ist zu irgendwelchen Freunden gefahren.«

»Verdammt, aber ich wette, daß Helen Haddican mit ihrer Tochter Verbindung aufnimmt. Nur aus diesem Grund muß sie hergeflogen sein.«

»Mag sein, aber wir werden es nicht merken, wenn dieser Kontakt zustande kommt.«

»Heute nacht veranstaltet das Hotel eine Dancing-Party für die neu angekommenen Gäste. Ich nehme an, daß sich daraus ein mächtiger Rummel entwickeln wird. Triff mich bei dieser Party, und wir können Helen Haddican abwechselnd beschatten. Sie weiß, daß du hier bist, und sie wird sich bemühen, dich abzuhängen, falls sie irgend etwas zu tun beabsichtigt, von dem der FBI nichts wissen soll. Vielleicht ergibt sich daraus eine Chance für mich.«

»In Ordnung. Rechne mit mir ungefähr um zehn Uhr!«

Ich legte auf und ging zur Tür. Das Telefon klingelte zum zweiten Mal. Ich ging zurück und nahm den Hörer ab. Ein schwerer Baß dröhnte in meine Ohren. »Hallo, G-man! Ihr Assistent hat eine kleine, aber heiße Fährte für Sie.«

»Mr. Callahan, nicht wahr? Okay, ich höre!«

»Nicht per Telefon? In jedem zweiten Kriminalroman werden Telefongespräche abgehört. Kommen Sie runter! Ich sitze in der Halle Ihres Hotels.«

Callahan thronte in einem Sessel. Ein Hotelboy servierte auf einem kleinen Tisch Whisky, Soda und Eis. Der Schriftsteller griff nach dem Glas und prostete mir zu. »Nehmen Sie auch einen Schluck, G-man! Ich habe die Flasche ohnedies auf Ihre Rechnung setzen lassen.«

»Keinen Drink vor Sonnenuntergang!« wehrte ich ab. »Ich habe wenig Zeit. Was haben Sie herausgefunden?«

Er ließ eine Hand in den Tiefen seiner Jackentasche verschwinden, zog ein Stück Papier in der Größe einer Postkarte hervor, legte es auf den Tisch und bedeckte es mit beiden Händen.

»Wieviel zahlen Sie für einen sichtbaren Beweis?«

Ich schüttelte den Kopf. »Nicht einen Cent. Als amerikanischer Bürger haben Sie die Pflicht . . .«

». . . die Polizei bei der Aufklärung von Verbrechen zu unterstützen«, ergänzte er und verzog das feiste Gesicht. »Ich hoffe, Sie sind fair genug und ersetzen mir wenigstens meine Auslagen.«

Er nahm die Hände vom Papier. Es war ein Foto, und es zeigte einen großen, blonden Mann, der ein braunhäutiges, schwarzhaariges Eingeborenenmädchen im Arm hielt. Die Aufnahme war am Strand gemacht worden, denn beide standen im Bug eines Bootes. Der Mann war Glendon Gardiner.

»Woher haben Sie das Foto?«

»Von einem Strandfotografen, G-man. Ich kenne die Tricks, mit denen die Mädchen ihren Ferienfreunden die Dollars aus der Tasche locken. Sie animieren sie zu Bootsfahrten, Ausflügen, Andenkenkäufen und Erinnerungsfotos. Für alles erhalten sie Prozente. Selbstverständlich führen sie ihre Kunden zu den Bootsverleihern und in die Andenkengeschäfte, mit denen sie entsprechende Verabredungen getroffen haben. Ich fand leicht den Strandfotografen, mit dem Raola arbeitete.«

»Das Mädchen auf dem Bild ist also die verunglückte Freundin des Matrosen?«

»Genau. Und damit kennen Sie das Motiv für den Mord. Eifersucht.«

»Eifersucht? Raola war ein Animiermädchen. Es war ihr Beruf, mit Männern Freundschaften zu schließen.«

Callahan bewegte ungeduldig die massigen Schultern. »Okay, aber irgend etwas muß zwischen ihr und Gardiner vorgefallen sein, das Hakaulai nicht paßte. Vielleicht glaubte Hakaulai nicht an einen Unfall«, knurrte er. »Vielleicht gab er Gardiner die Schuld am Tod seines Mädchens.«

»Kann ich das Bild behalten?«

»Ich zahlte dem Fotografen fünf Dollar, G-man!«

Ich gab Callahan einen Zwanzigdollarschein. »Vermutlich können Sie nicht wechseln.«

»Erraten!« lachte er und wuchtete sich aus dem Sessel hoch. »Werden Sie jetzt nach New York zurückfahren?«

»Erst möchte ich herausgefunden haben, wo sich Cynthia Haddican aufhält.«

»Warum fragen Sie nicht ihre Mutter? Wissen Sie nicht, daß Helen Haddican vor einigen Stunden mit einem Charterflug ihrer Gesellschaft in Honolulu landete? Ich wette, sie wohnt im Pacific-Sunrise-Hotel.«

»Helen Haddican ist auf den FBI nicht gut zu sprechen. Sie behauptet, wir schädigten ihre Firma, weil wir Haddican's World Service mit Verbrechen in Verbindung bringen.«

»Hören Sie, G-man! Ich werde mich an Helen heranmachen. Wir verstehen uns nicht schlecht. Immerhin führe ich von Zeit zu Zeit ihre Touristenherden über die Inseln.« Er lachte. »Wissen Sie, daß ich früher daran gedacht habe, Helen zu heiraten? Wahrscheinlich hätte sie mir einen Korb gegeben. Aber ich glaube, ein wenig Sympathie fühlt sie durchaus für mich. Wenn irgend etwas mit Cynthia los ist, wird sie es mir erzählen.«

»Meinetwegen versuchen Sie Ihr Glück, Callahan.«

Wie ein wandelnder Berg marschierte er neben mir zum Ausgang. »Ich wette, durch Sie, G-man, komme ich an den Stoff für eine Geschichte, die sich verkaufen läßt. Wohin gehen Sie jetzt?«

»Flughafen, aber nicht, um den Rückflug zu buchen.«

Im Rückspiegel des Mustangs sah ich, daß er vor dem Hoteleingang stehenblieb und mir nachblickte.

Ich fuhr zum Flughafen und versuchte herauszufinden, was mit dem abgezweigten Gepäck geschehen war. Ich sprach mit dem Chef der Frachtenverwaltung. »Es wird sich um Gepäck von Leuten gehandelt haben, die nicht auf Oahu bleiben, sondern nach Hawaii weiterfliegen«, erklärte er. Er blätterte in seinen Listen. »Wir haben vierzehn Gepäckstücke im Auftrag des Haddican-Büros verladen.«

»Kümmert sich Mrs. Haddican immer persönlich um die Verladung?«

Er zuckte die Achsel. »Möglich, daß es irgendwann Ärger durch Verwechslungen gegeben hat und daß sie aus diesem Grunde sich selbst überzeugen wollte, daß alles in Ordnung ging.«

Der FBI-Ausweis verschaffte mir Zutritt zum Flugfeld. Ich ging an den Abfertigungsgebäuden, den Tankanlagen und den Instandhaltungswerkstätten der großen Fluggesellschaften vorbei zu dem Hangar, den Phil beschrieben hatte.

Offensichtlich diente die große Halle als Abstellplatz für Privatmaschinen. Die Typenauswahl reichte vom einsitzigen Sportflugzeug bis zu den Reisemaschinen, mit denen der Touristenflugverkehr zwischen den Inseln abgewickelt wurde. An einigen Maschinen arbeiteten Monteure, und obwohl es draußen zu dunkeln begann, wurden zwei Sportmaschinen aus dem Hangar geschoben. Zwei Männer in Freizeithemden verfrachteten je ein buntgekleidetes Girl in ihre Kisten, klemmten sich hinter den Steuerknüppel und rollten die Sportflitzer zum Start.

Einer der Monteure kratzte sich hinter den Ohren. »Ich frage mich, was die Playboys mit den Girls in einem Flugzeug anfangen«, sagte er zu seinem Kollegen. »Sie brauchen ihre Hände doch, um die Kisten in der Luft zu halten.«

»Als Vorbereitung ist die Luftschaukel erstklassig«, antwortete der andere. »Ein bißchen Angst und viel Bewunderung für den Helden am Steuerknüppel, das ist es, was jeden Widerstand schmelzen läßt!«

Der Portier des Pacific-Sunrise-Hotels zog nicht die Mütze, sondern schüttelte einen Speer. Er trug nicht die goldbetreßte Uniform, sondern einen Bastrock, eine Kette aus Haifischzähnen um den Hals und einen Kopfschutz aus Seegras. Trotzdem riß er mit der speerfreien Hand die Tür auf und dankte für das Trinkgeld.

Das Innere der Hotelhalle ähnelte dem Inneren eines Eingeborenenkrals, allerdings eines Krals mit elektrischer Beleuchtung, mit eisgekühlten Drinks, Klimaanlagen und aufmerksamen Kellnern. Die Rückwand der Halle, die ebenfalls aus Glas bestand, war zurückgeschoben worden. Unmittelbar hinter dem Hotelgarten dehnte sich der berühmte Waikiki-Strand. Unter dem funkelnden Sternenhimmel phosphoreszierten die Schaumkronen der Pazifikwellen.

Das Rauschen der Brandung ging allerdings unter im Donnern des Schlagzeugs und im Heulen der Saxophone. Eine Sechs-Mann-Combo lieferte den Tanzenden in der Halle und auf den Gartenterrassen harte amerikanische Musik. Von Hula-Hula und sanftem Gitarrengesäusel war nicht die Rede.

Auf der Suche nach Phil ging ich an der Bar entlang, deren Mixer heute ebenfalls die weißen Hemden mit Hawaii-Kriegsschmuck vertauscht hatten. Plötzlich legten sich von hinten zwei Arme um meinen Hals. Hände, die nach Parfum rochen, bedeckten meine Augen.

»Raten Sie!« flüsterte ein Mädchenstimme so dicht an meinem Ohr, daß ich die Bewegung der Lippen spürte.

»Cynthia?«

»Puh«, antwortete das Mädchen. Ich ergriff die Hände, zog sie von den Augen und drehte mich um. Vor mir stand eine von Phils weißblonden Begleiterinnen, dieses Mal nicht in Hell-, sondern in Knallrot.

»Rosy also.«

Sie schüttelte den Kopf. »Nein, ich bin Grace.«

»Wo steckt Ihre Schwester?«

»Wollen Sie behaupten, meine Schwester gefiele Ihnen besser als ich?«

»Natürlich nicht, ich kann Sie beide nicht einmal voneinander unterscheiden.«

»Dazu müßten Sie uns genauer kennenlernen, wenigstens eine von beiden. Auch bei Zwillingen gibt es Unterschiede.

Tanzen Sie jetzt erst einmal mit mir. Oder sind Sie so unersättlich, daß Sie schon zum Tanzen zwei Mädchen brauchen?«

Sie zog mich zur Tanzfläche und preßte sich an mich. Sie war ein großes und erstklassig proportioniertes Mädchen. Als die Combo einen Blues intonierte, verringerte sie den Abstand zwischen sich und mir auf absolut Null, küßte mich und flüsterte: »Wie heißt du?«

»Jerry«, antwortete ich artig. »Nennen Sie mir Ihren Namen, Miß . . .?«

»Grace genügt, Darling. Ich habe drei Wochen Urlaub. Und du?«

»Oh, ich arbeite hier.«

»Wunderbar! Du wirst mich in Hawaiis Geheimnisse einweihen.« Sie senkte einen so schmachtenden Blick in meine Pupillen, daß ich mühelos erriet, an welche Geheimnisse sie dachte.

Ein Duplikat des Mädchens tauchte neben mir auf. »Hallo!« rief Rosy, deren Kleid dieses Mal dunkelblau war. »Er will mich ständig zum Strand locken.« Sie wies auf Phil, der einen Arm um ihre nackte Schulter gelegt hatte. »Soll ich es riskieren?«

»Er heißt Jerry!« erklärte Grace.

»Hallo, Jerry!« Wir schüttelten uns alle, auch Phil und ich, mächtig die Hände.

»Nehmen wir einen Schluck!« schlug Phil vor. Während wir zur Bar gingen, benutzte er die Gelegenheit, mir zuzuflüstern: »Helen Haddican sitzt mit einigen Männern auf der oberen Terrasse.«

Wir tranken zwei Gläser Sekt. Dann klemmte ich mir Grace unter den Arm, führte sie zur Terrasse und tanzte mit ihr ein paar Runden. Ich hielt nach Helen Haddican Ausschau, und ich entdeckte sie an einem Tisch, an dem außer ihr nur ein Mann saß.

»Hör zu, Grace«, sagte ich. »Dort drüben sitzen ein paar Bekannte, die ich begrüßen muß. Sei ein braves Mädchen und trink in der Zwischenzeit ein Glas Champagner.«

Ich lief die Stufen zur oberen Terrasse hinauf und trat an

den Tisch. Helen Haddican trug ein graues, besticktes Cocktailkleid. Die schwere Aktentasche aus Krokodilleder stand vor ihr auf dem Tisch. Sie hatte beide Hände daraufgelegt.

Der Mann wandte sich um, als er meine Schritte hörte. Ich blickte in Jack Galinas Gesicht.

In einem Lächeln blitzten seine Zähne auf. »Begegnen wir uns jetzt nicht zum dritten Mal, G-man?« fragte er. »Wenn ich Zeit finde, werde ich Ihnen einen Drink spendieren, wie es Sitte ist.«

»Ich sehe, ich brauche Sie nicht mehr vorzustellen, G-man«, stellte Helen Haddican fest. »Wann werden Sie endlich Ihre verdammten Mordfälle geklärt haben und mich in Ruhe lassen?«

»Haben Sie Ihre Tochter schon gesehen, Mrs. Haddican?«

»Weder gesehen, noch gesprochen.«

»Machen Sie sich keine Sorgen um sie?«

»Cynthia ist auf einem Boot zu einem Inseltrip unterwegs.«

»Zu welchen Inseln?«

»Sie macht mit Freunden eine Kreuzfahrt, G-man.«

»In New York sagten Sie, Ihre Tochter flöge nach Honolulu, um hier nach dem Rechten zu sehen.«

»So war es beabsichtigt. Aber sie erhielt diese Einladung zu der Kreuzfahrt und nahm sie an. Und jetzt kam ich her, um die Geschäfte zu regeln.«

»Haben Sie Geschäfte mit dem Haddican-Büro?« fragte ich Galinas.

»O ja. Setzen Sie sich ein paar Minuten zu uns, und Sie werden sehen, um welche Geschäfte es sich handelt. Sie sind doch einverstanden, Helen?«

Helen Haddican nickte. Für eine Sekunde lächelte sie. Ein Seitenblick traf Galinas.

Wenig später kam über die Lautsprecheranlage eine Durchsage. »Ladys und Gentlemen! Das Pacific-Sunrise-Hotel freut sich, Ihnen jetzt die große ›Hawaii-Show‹ zeigen zu können. Bitte, begeben Sie sich auf die Gartenterrassen.«

Die Gäste strömten nach draußen. Am Strand flammten starke Scheinwerfer auf. Ihre Lichtbündel tasteten über die

Schaumkronen der Wellen und erfaßten weit außerhalb der Brandung Wellenreiter, die auf ihren Brettern saßen und von der Dünung geschaukelt wurden. »Ladys und Gentlemen! Erleben Sie Surfing, den uralten Sport der Eingeborenen dieser Inseln, in höchster Vollendung. Wenn Sie selbst sich im Wellenreiten üben wollen, vermitteln wir Ihnen gern gute Lehrer zu mäßigen Preisen.«

Am Strand stieg eine rote Rakete hoch. Die Surfer paddelten auf ihren Brettern in Strandrichtung. Dann, als sie den Bereich der Brandung erreichten und die Woge hinter ihnen brach, standen sie rasch auf. Geschoben von der Wucht der Welle, tanzten sie auf der Gischt. Im Scheinwerferlicht sprühte das Wasser wie Diamantenkaskaden.

»Diese Show organisiere ich«, sagte Galinas, »und ich vermiete sie an die Hotels.«

Eine zweite Surfer-Gruppe startete. Dieses Mal wechselten die Scheinwerfer die Farbe, während die Männer auf den Wellen zum Strand ritten.

Plötzlich stand Grace neben mir. »Siehst du das!« rief sie. »Ist es nicht wunderbar?!«

Galinas lächelte. »Liefert der FBI seinen Leuten kleine Zerstreuungsobjekte mit, G-man?«

Eine dritte Gruppe Surfer startete. Jetzt hielten die Männer Fackeln in den Händen. Die Scheinwerfer erloschen. Wie leuchtende Kometen zeichneten die Fackeln die Bewegungen der Wellen nach. »Stellen Sie mich vor, G-man! Weißblond ist eine seltene Haarfarbe auf Hawaii.«

Erst jetzt begriff Grace die Worte. »Er sprach vom FBI und nannte dich G-man?«

Galina lachte. »Oh, habe ich ein kleines Geheimnis verraten?« Er verneigte sich. »Jack Galinas. Ich hoffe, meine Show hat Ihnen gefallen, Miß . . .?«

»Grace Douglas.« Sie reichte ihm die Hand, und Galinas sagte: »Ich hätte Lust, Ihnen diesen Schmetterling wegzufangen, G-man!«

Der Lautsprecher verkündete: »Für den zweiten Teil der Show bitten wir die Gäste in die Hotelhalle.«

»Sie sollten sich anschließen. Auch Sie, G-man! Sie werden eine gute Bekannte wiedersehen.« Er wandte sich an Helen Haddican. »Kommen Sie auch mit, Helen?«

»Ich habe Ihre Show so oft gesehen, Jack, daß ich ihr keine neuen Reize mehr abgewinnen kann.«

In der Halle hatte eine Hawaii-Musik- Gruppe den Platz der Combo eingenommen. Sieben Hawaii-Mädchen standen auf einem rasch errichteten Podium. Eine ältere Lady ging herum und verkaufte Blumenkränze und Hibiskusblüten.

»Sie sehen jetzt unsere Original-Hula-Show«, dröhnte der Lautsprecher.

»Erkennen Sie Ihre Freundin wieder?« fragte Galinas. »Übrigens sieht man nichts von den Schrammen und blauen Flecken. Ich befahl ihr, die Schminke ein wenig dicker aufzulegen.«

Er lauerte auf meine Reaktion. Ich zeigte ein steinernes Gesicht. »Können Sie Ihren Laden allein lassen, ohne fürchten zu müssen, daß die Gäste und die Mädchen gegen Ihre Moralgesetze verstoßen?«

»Halim paßt auf. Außerdem ist an einem Tag wie heute in meinem Club nicht viel los.«

Die Trommeln und die Gitarren setzten ein. »Hula-Hula!« riefen die Mädchen und ließen ihre Hüften kreisen.

Das Mädchen, das die Gäste des ›Paradise-Clubs‹ in Empfang nahm, zupfte an seinem Brusttuch, als die Klingel anschlug. Ein Kontakt an der Türschwelle löste die Klingel aus. Das Mädchen setzte sein Berufslächeln auf und trat durch den Vorhangspalt. Es sah sich drei Männern gegenüber. »Oh, ich werde meine Freundinnen rufen«, sagte es und wollte in die Hände klatschen. Behandschuhte Hände rissen ihre Arme herunter. Entsetzt starrte sie in das ausdruckslose Gummigesicht unter dem breitkrempigen Hut. Nur in den Augenschlitzen glitzerten die Pupillen. »Zeig uns den Weg!« zischte der Mann. »Du stirbst, wenn du einen Laut von dir gibst.« Zitternd wies das Mädchen auf den Vorhang zwischen Garderobe und Hauptlokal. Der Mann stieß es bis zum Vorhang, nickte seinen Kumpanen zu. Dann stieß er das Mädchen durch den Vorhang und folgte mit einem Satz.

Eines der Serviermädchen sah die Männer und die Maschinenpistolen in ihren Händen und schrie gellend auf. Aus den Sesseln und von den Couches fuhren die Männer und ihre Freundinnen hoch. »Keine Bewegung oder es knallt«, drohte der Anführer.

Cliff Halim lag auf der Couch des Zimmers, das der Chinesin Mi-Wong gehörte. Galinas verbot seinen Leuten den Umgang mit den Girls. Halim nutzte deshalb die Abwesenheit des Bosses auf seine Weise. »Gib mir 'ne Zigarette!« verlangte er und dehnte sich zufrieden. Mi-Wong zündete zwei Zigaretten an und schob eine zwischen Halims Lippen. Sie setzte sich auf den Rand der Couch und strich mit einer Hand über die nackte Brust des Mannes. »Wenn ich dem Boß erzähle, daß du mich von der Arbeit abgehalten hast, wirst du Ärger bekommen. Du mußt mir mindestens zwanzig Dollar geben.«

»Wenn du irgendwem irgendetwas erzählst, werde ich dir deine schrägen Schlitzaugen geraderücken«, antwortete Halim faul. »Los, hol mir 'nen Schluck zu trinken!«

»Dann muß ich mich erst anziehen«, maulte Mi-Wong.

»Na und? Du hast doch Übung im An- und Ausziehen.«

Sie stand widerwillig auf und griff nach ihrem geschlitzten Seidenkleid, das über einer Stuhllehne lag. Sie wollte es überstreifen, hielt aber inne. »Jemand schreit, Cliff.«

»Verdammt, die Girls werden immer zimperlicher«, knurrte Halim. Er schwang sich von der Couch. Es geschah immer wieder, daß ein Gast seine Partnerin zu rauh behandelte.

Halim zog sich an und öffnete die Tür. Er ging den Flur entlang. Dort stieß er mit den Männern zusammen, die im selben Augenblick die Treppe hinaufkamen.

Cliff Halim hatte eine lange Gangsterlaufbahn in Los Angeles und dem Hafenviertel von Frisco hinter sich. Der Anblick der Maschinenpistolen und der Gummimasken löste in ihm sofort den Griff nach seiner Waffe aus, die er in der Hüfttasche trug.

Der Maskierte war schneller. Er sprang Halim an und traf mit dem Lauf der Maschinenpistole seinen Kiefer. Galinas' Gorilla taumelte gegen die Wand und brach zusammen.

Mi-Wong, die Halim auf den Gang gefolgt war, schrie auf. Ein brutaler Faustschlag des zweiten Mannes warf sie ins Zimmer zurück. Der Anführer beugte sich über den niedergeschlagenen Halim, packte ihn unter den Achseln und schleifte ihn in das Zimmer, in dem die Chinesin wimmernd auf der Erde kauerte.

»Raus mit dem Girl!« befahl er. »Bring sie zu den anderen und halte den Verein im Schach, bis ich diesen Jungen zum Singen gebracht habe.«

Mi-Wong wurde hochgerissen und von dem zweiten Gangster aus dem Zimmer gezerrt. Unterdessen nahm der Anführer eine Blumenvase und leerte den Inhalt samt Blumen über Halims Kopf. Er ging zum Waschbecken, füllte die Vase neu und verabreichte dem Ohnmächtigen einen zweiten Guß. Halims Augenlider flatterten. Als er sie schließlich öffnete, blickte er in das starre Puppengesicht der Gummimaske.

»Hör gut zu, mein Freund!« zischte der Fremde. »Ich brauche ein paar Auskünfte. Du wirst sie mir geben.« Er schlug kurz und trocken zu. Seine Faust setzte er auf die Stelle, die er vorhin schon mit dem MP-Lauf getroffen hatte. Halim stöhnte auf. »Damit du weißt, wie ich dich behandeln werde, falls du zu lügen versuchst. Erste Frage: Wo sind die Blüten? Zweite Frage: Wo ist das Mädchen?«

»Ich weiß nicht«, stöhnte Halim. Der Schlag traf prompt, und der Gangster krümmte sich vor Schmerzen.

»Noch einmal. Erste Frage: Wo sind . . .?«

Die ältere Hawaii-Lady klatschte in die Hände. »Alle Ladys und Gentlemen werden jetzt lernen Hula-Hula. Ist ganz einfach! Sehen Sie, so!« Sie ließ ihre wuchtige Hüfte vibrieren. »Kommen Sie! Machen Sie mit!«

Die Show entwickelte sich zu einer Art Party. Clerks, Buchhalter, Stenotypistinnen, zweimal geliftete High Society Ladys und ihre asthmatischen Männer wurden vom Rhythmus angesteckt. Sie drängten in den Kreis rings um das Podium, und sie versuchten nachzuahmen, was die Mädchen im Bastrock ihnen zeigten.

»Ich will's auch versuchen«, erklärte Grace. Eine Minute später ließ auch sie die Hüften nach dem Vorbild der Tänzerinnen kreisen.

»Verdammt reizendes Mädchen«, sagte Galinas. »Ich verstehe Sie nicht, G-man. Sie rennen auf dieser Insel herum, stoßen eine Menge Leute vor den Kopf und machen sich unbeliebt, nur weil sie Morde aufklären wollen, die in New York begangen worden sind. Warum leisten Sie sich nicht in Gesellschaft dieser Girls ein paar Ferienwochen? Erklären Sie Ihrem Chef, wenn Sie wieder in New York sind, Sie hätten nichts herausgefunden! Er wird Sie bestimmt nicht feuern!«

Er schwieg, zündete sich eine Zigarette an und sagte, während er den Rauch ausstieß: »Falls Ihre Kasse nicht groß genug ist, um Ferien vom Beamten-Ich zu machen, wird man Ihnen gern ein paar tausend Dollars pumpen.«

»Ein Bestechungsversuch, Mr. Galinas?«

»Warum nennen Sie es nicht Schmerzensgeld? Immerhin sind Sie von meinen Leuten rauh behandelt worden.«

»Und die Gegenleistung?«

»Keine Gegenleistung! Sie amüsieren sich wie alle Touristen, die zu uns kommen.«

In der Nähe der Bar entstand Lärm. Jemand brüllte: »Verdammt, laß mich in Ruh! Ich war's nicht! Such dir 'nen anderen aus!«

Ich sah den graumähnigen Kopf Robert Callahans, da er alle anderen überragte, aber ich konnte nicht erkennen, was mit ihm geschah. Er fuchtelte mit den Armen.

»Oh, ich fürchte, Whisky-Robbie ist mit Kovalek zusammengestoßen!« rief Galinas.

Ich zwängte mich durch die Menge der Gäste, deren Aufmerksamkeit noch völlig von dem Hula-Zirkus gefesselt war.

Nur ein kleiner Kreis hatte sich an der Bar um Callahan und seinen Gegner gebildet.

Obwohl auch Kovalek ein stämmiger Bursche war, sah er neben Callahan wie ein Mittelgewicht aus. Trotzdem ging es dem Schriftsteller schon miserabel. Er keuchte wie ein Blasebalg. Seine wilden, fuchtelnden Schläge, mit denen er sich Luft schaffen wollte, gingen ins Leere, während jeder Hieb Kovaleks traf. Callahans Augen standen weit vor. Als ein Hieb seinen Magen traf, gluckste er, und ich erkannte an seinem verzweifelten Gesichtsausdruck, daß er gleich aufgeben und um Hilfe rufen würde.

Kovaleks nächsten Hieb fing ich ab, indem ich seinen Arm abblockte. Er war wütend genug, daß er einen linken Haken aus nächster Distanz in meine Rippen setzte. Ich reagierte mit einem Uppercut auf sein Kinn. Er torkelte zwei Schritte zurück. Bevor er zu einem neuen Angriff ansetzen konnte, schob Galinas sich in sein Blickfeld. »Genug, Kov!« befahl er. »Ich habe dich engagiert, um in meinem Club für Ordnung zu sorgen, aber nicht, um Schlägereien in anderen Hotels vom Zaun zu brechen.«

»Du weißt genau, daß er es war, der mir die Flasche auf den Schädel schlug!« knurrte der Gorilla und wies mit dem Daumen auf Callahan.

»Na und? Du hast überlebt, also vergiß es!« Er wandte sich an den Schriftsteller. »Hallo, Robbie? Nehmen wir einen Schluck zur Versöhnung?«

Callahan saß auf einem Barhocker, ließ die Zunge heraushängen und japste nach Luft. »Deine verdammten Gorillas werden dich noch ins Unglück bringen, Jack. – Ich nehme Scotch.«

Galinas winkte dem Keeper. Bevor er die Bestellung aufgeben konnte, trat ein uniformierter Polizist an uns heran. Er legte eine Hand an die Mütze. »Mr. Galinas, nicht wahr?« Der Nightclubbesitzer bejahte. »Lieutenant Eton informiert Sie, daß auf Ihren Club ein Raubüberfall verübt wurde.«

Galinas Gesicht verfärbte sich. »Sie irren sich, Mann!« schrie er.

»Kein Irrtum. Einer der Gäste alarmierte die Polizei, nachdem die Gangster verschwunden waren.«

Galinas sprang vom Barhocker. Mit einer Kopfbewegung befahl er Kovalek, ihm zu folgen. Sie verließen das Hotel in Begleitung des Polizisten.

Callahan nagte an seiner Unterlippe. »Ich glaube, ich sollte jetzt mit Helen reden«, knurrte er. »Danke für die Rettung, G-man!» Er ging zu den Terrassenausgängen.

Ich konnte Phil im Gewühl nicht entdecken, verzichtete darauf, ihn zu informieren, und spurtete zum Hotelparkplatz. Ich fuhr zum ›Paradise-Club‹. Nur wenige Minuten nach dem Polizeiwagen und Galinas kam ich dort an. Vier, fünf Polizeiautos und eine Ambulanz standen vor dem Club. Lieutenant Etons Beamte verhörten die verstörten Gäste. Den Lieutenant selbst traf ich in dem Gebäudeflügel, in dem die Zimmer der Mädchen lagen. »Merkwürdiger Raubüberfall«, sagte er. »Drei Männer mit Gummimasken und Maschinenpistolen, als gelte es eine Bank auszuräumen, aber sie haben sich nicht einmal für die Brieftaschen der Gäste interessiert!«

»Ist jemand verletzt worden?«

»So können Sie es nennen, Cotton. Cliff Halim wurde gefoltert. Er liegt in dem Zimmer dort drüben.«

Der Arzt der Ambulanz bemühte sich um den Gangster, dessen Gesicht bis zu Unkenntlichkeit verschwollen war. Galinas stand neben der Trage. »Können Sie ihn zum Reden bringen, Doc?« drängte er. »Ich muß wissen, was hier passiert ist.«

»Der Mann ist vorläufig nicht ansprechbar«, wies ihn der Arzt zurück. Galinas verließ den Raum. Im Vorbeigehen warf er mir einen flüchtigen Blick zu.

Ich traf Eton in einem Gespräch mit der Chinesin, die mir in der ersten Nacht die Drinks verkauft hatte. Sie saß völlig verstört und wenig bekleidet auf einem Stuhl. Ihre linke Gesichtshälfte kühlte sie mit einem Eisbeutel.

»Mi-Wong war mit Halim zusammen, als die Gangster kamen«, erklärte Eton. »Nur einer blieb mit Halim im Zimmer zurück. Einer bewachte die Gäste und die Mädchen im

Hauptraum, während der dritte offenbar alle Zimmer durchsucht hat.«

»Haben Sie Anhaltspunkte für die Identität der Gangster?«

Er schüttelte den Kopf. »Sie trugen graue Trenchcoats, eine ungewöhnliche Bekleidung für Honolulu, Hüte und Gummimasken.«

»Fragen Sie die Leute, ob einer einen Verband um die rechte Hand hatte.«

»Okay, aber ich weiß schon, daß alle Handschuhe trugen. Niemand wird in der Verwirrung darauf geachtet haben, ob einer die rechte Hand nicht benutzen konnte.«

»Ich möchte ein Telegramm nach New York aufgeben.«

»Geben Sie es über das Radiotelefon in meinem Wagen an mein Büro. Wir sorgen für Weiterleitung.«

Als ich den Hauptraum passierte, rief mich ein Mann an: »Hallo, G-man!« Ich erkannte den schnurrbärtigen angeblichen Obersten.

»Waren Sie hier, als die Burschen hereinplatzten?«

»Verdammt, ja! Ich treibe mich jeden Abend hier herum, wenn ich nicht gerade nach drüben unterwegs bin. Können Sie mir verraten, warum diese Typen hier aufkreuzten? Sie haben unsere Taschen nicht umgestülpt, aber ich hörte, daß sie Halim übel zugerichtet haben.«

»Sie suchten irgend etwas, und sie glaubten, das Versteck von Halim erfahren zu können.«

Er zerrte an seinem roten Schnauzbart. »Hängt es mit dem ermordeten Mann zusammen, dessen Bild Sie mir zeigten?«

»Möglich. Es ist nicht ausgeschlossen, daß die Besucher heute nacht seine Freunde waren.«

Er zog an seiner Krawatte, als bekäme er keine Luft. »Kamen die Männer her, um sich zu rächen?«

»Rache scheidet als Motiv aus. Der Mörder des Mannes ist tot. Er starb vor den Augen der anderen Gangmitglieder. Wenn es sich um die Männer handelt, an die ich denke, dann tauchten sie hier auf, weil sie dafür bezahlt wurden oder weil sie sich ihren Teil an einem großen Geschäft sichern wollen.«

»An welchem Geschäft?«

Ich beantwortete die Frage nicht. Ich spürte die Unsicherheit, die diesen merkwürdigen Obersten gepackt hatte. »Lieutenant Eton sagte mir, daß Sie häufig nach Asien fliegen.«

»Nach Vietnam, aber das Geschäft flaut ab.«

»Laden Sie Rückfrachten?«

»Ja, gewöhnlich Privateigentum von Offizieren und Beamten, die ihre Wohnungen auflösen.«

»Haben Sie jemals Buddhafiguren transportiert?«

Erschrak er? Es war nicht deutlich zu erkennen. »Meistens handelt es sich um Kisten. Ich kenne den Inhalt nicht.«

»Ich frage danach, Oberst Orville, weil nicht nur Gardiner umgebracht wurde, sondern auch ein Mädchen, das eine von diesen Buddhafiguren besaß.«

Er wischte sich mit dem Handrücken über den Mund. »Ich brauche irgend etwas zu trinken«, stieß er hervor, wandte sich ab und ging mit unsicheren Schritten zur Bar.

Etons Fahrer stellte die Verbindung mit dem Polizeihauptquartier her und übergab mir den Hörer. »Schicken Sie ein Blitztelegramm an das FBI-Hauptquartier New York! Text: Stellen Sie fest, ob Art Ranger, Burton Smith und Harry Drew New York verlassen haben! Antwort an Polizeilieutenant Eton, Honolulu.«

Ich stieg in den Mustang und fuhr zum Pacific-Sunrise-Hotel zurück. Die Party lief noch immer auf vollen Touren. Ich stieß auf Grace. Sie saß an der Bar und wurde von einer Gruppe Männer belagert, von denen jeder bereit schien, sich ihretwegen mit jedem zu schlagen. Als Grace mich erblickte, stieg sie aus dem Kreis aus, hängte sich bei mir ein und fauchte mich an: »Du hast mich sitzenlassen, Jerry!«

»Hör zu, Grace! Du fährst besser, wenn du dir irgendeinen netten Burschen suchst, der nichts anderes als seine Ferien im Sinn hat.«

»Ich denke nicht daran. Mit 'nem G-man habe ich noch nie geflirtet. Erzählst du mir, welche Gangster du jagst?«

»Am besten vergißt du meinen Beruf. Wo ist deine Schwester?«

»Phil hat sie in ein Auto gepackt und ist mit ihr losgefahren.« Sie drängte sich an mich. »Pack mich auch in einen Wagen und fahr mit mir los!«

»Später!« Ich ging zum Empfangstisch. »Kann ich Mrs. Haddican sprechen?«

»Mrs. Haddican hat das Hotel verlassen.«

Ich rechnete mir aus, daß Phil versuchte, Helen Haddican zu folgen. Ich dachte an die Beobachtung, die Phil bei der Landung gemacht hatte, und ich war fast sicher, daß der Flughafen Helen Haddicans Ziel sein mußte.

»Komm!« Ich zog Grace Douglas zum Mustang, packte sie in den weißen Schlitten und fuhr zum Flughafen. Grace protestierte: »Warum fährst du nicht zum Strand?« Sie verlieh ihrem Protest Nachdruck, indem sie sich an mich schmiegte.

»Welchen Wagen benutzte Phil?«

»Einen roten Leihwagen. Er mietete ihn vor dem Hotel.« Ich entdeckte den Wagen vor dem Haupteingang des Flughafens. Rosy saß allein darin und kaute schlecht gelaunt an ihren Fingerknöcheln. »Er ist irgendwo«, sagte sie, »und sucht noch immer nach der Tasche, die er heute in der Maschine vergaß.«

»Leiste deiner Schwester Gesellschaft«, schlug ich vor und sprang aus dem Mustang. Ich fand Phil, als er aus dem Büro der Flugleitung kam. »Helen Haddican startete vor einer Viertelstunde mit einer Privatmaschine nach Hawaii. Sie fliegt die Maschine selbst. Sie hat drei Passagiere an Bord, angeblich Touristen, die ihren Urlaub auf Hawaii verbringen wollen. Sie hatte es verdammt eilig, Jerry, denn sie fuhr im Abendkleid zum Flughafen, und ich glaube, sie kletterte im selben Dreß in die Maschine.«

»Hast du die Passagiere gesehen?«

»Nein, denn sie warteten bereits bei der Maschine. Vergiß nicht, daß der Flugverkehr zwischen den Inseln keinen besonderen Kontrollen unterliegt. Es genügt, die Flüge anzumelden, und Helen Haddican hatte diesen Flug schon am Nachmittag angemeldet.«

»Ich werde versuchen, noch heute nacht eine Maschine aufzutreiben, die mich nach Hawaii bringt. Ich glaube die drei

Passagiere sind niemand anders als Art Ranger, Burton Smith und Harry Drew. Vermutlich haben sie vor ungefähr einer Stunde Galinas' Nightclub überfallen, aber ich weiß nicht, ob sie fanden, was sie suchten.«

»Soll ich mitkommen?«

»Besser, du spielst noch ein oder zwei Tage die Touristenrolle, Phil. Wenn es notwendig wird, daß du rüberkommst, werde ich anrufen, und du kannst einen von diesen Touristenflügen buchen.«

Während Phil das Gebäude verließ, betrat ich das Büro der Flugzentrale. Ich ließ mich zum Kommandanten vom Dienst bringen und zeigte ihm den FBI-Ausweis.

»Ich brauche einen Flug nach Hawaii.«

»Die nächste Planmaschine startet um sechs Uhr am Morgen. Ich kann versuchen, einen Mann aufzutreiben, der Sie rüberbringt. Oder wollen Sie selbst fliegen?«

»Haben Sie eine Maschine, die ich leihen kann? Ich habe den Pilotenschein A III.«

»Das langt für Jim Sullivans Maschine. Sullivan verleiht seine Mühle, eine zweisitzige Delta-Minor. Ich werde mit ihm telefonieren.« Drei Minuten später erteilte der Eigentümer telefonisch die Erlaubnis, daß ich sein Flugzeug benutzen durfte. Der Flugleiter gab Anweisungen, die Maschine startklar zu machen. Dann zeigte er mir auf einer Karte die Flugroute, die ich einhalten mußte.

Eine Viertelstunde später saß ich im Cockpit der Delta-Minor. Ich hatte den Kopfhörer auf und meldete mich bei der Flugleitung ab. »Alles okay? Sie haben freien Start. Ihre vorgeschriebene Flughöhe ist zweitausend Fuß! Good Luck!«

Ich schob den Gashebel auf Volleistung, löste die Bremsen und wartete, bis der Geschwindigkeitsmesser die rote Abhebemarke erreichte. Ich zog den Steuerknüppel an, und die Delta-Minor hob glatt ab. Ich hatte diesen Typ nie zuvor geflogen, aber die Maschine reagierte leicht und zuverlässig auf jede Steuerbewegung. In einer Kurve schraubte ich das Flugzeug auf die vorgeschriebene Höhe. Unter mir lag das Lichtergefunkel von Honolulu. Ich drehte auf das Meer hinaus ab und steuerte mit Hilfe des Kreiselkompasses die Maschine auf den richtigen Kurs ein.

Mit einem kleinen Flugzeug fliegt man etwa eine Stunde von Oahu, der Insel, auf der Honolulu liegt, bis Hawaii, der größten Insel, die dem ganzen Archipel den Namen gegeben hat. Bei einem Nachtflug über die lichterlose Fläche eines Meeres verliert man bald das Gefühl für oben und unten. Die gleißenden Lichtpunkte der Sterne scheinen überall zu sein. Ich orientierte mich an den Instrumenten auf dem beleuchteten Armaturenbrett.

Nach knapp dreißig Minuten Flugdauer färbte sich der Himmel am Horizont blutigrot. Der Feuerschein aus dem großen, tätigen Vulkan Hawaiis erhellte die Nacht. Große, rotleuchtende Rauchwolken verdeckten die Sterne. Ich zog die Delta-Minor nach Steuerbord und drückte sie gleichzeitig um zweihundert Fuß nach unten. Über die Funkanlage suchte ich Kontakt mit der Flugleitung des Airports von Hawaii.

Die Verbindung kam zustande. Ich erhielt die Daten und Geschwindigkeitsvorschriften für den Landeanflug. An der Backbordseite wuchsen die riesigen Berge der Vulkane hoch und verdeckten Dreiviertel des Himmels, da ich viel tiefer flog als die rund zehntausend Fuß, die diese Berge hoch sind. Ich sah die Rollbahnbefeuerung des kleinen Flughafens von Hils, der Hauptstadt Hawaiis. Ich ging hinunter und produzierte eine verdammt harte Landung, aber ich brachte die Maschine vor dem Ende der Rollbahn zum Stehen, drehte sie und ließ sie dann zum Kontrollturm rollen.

Der Turmkommandant war ein weißer Ingenieur. Er kam zu meiner Maschine, als ich gerade ausstieg. »Cotton vom FBI«, sagte ich. »Ist Helen Haddican bei Ihnen gelandet?«

»Vor einer knappen halben Stunde. Sie brachte drei Gäste, die ihren Urlaub auf der Insel verbringen wollen. Sehr vernünftige Leute.« Zwischen den Bewohnern Hawaiis und denen Oahus, der Hauptstadtinsel, läuft ein heftiger Konkurrenzkampf um die Touristen. Besucher, die Hawaii als Daueraufenthalt vorziehen, genießen unbesehen die Sympathien der Einwohner.

»Wo sind sie jetzt?«

»Sie verluden das Gepäck in einen Wagen, den Mrs. Haddican telefonisch bestellt hatte.«

»Sie wissen nicht, wohin sie fuhren?«

»Nein. Sie können bei den Hotels anrufen.«

»Ich möchte die Maschine sehen, mit der Mrs. Haddican und ihre Gäste kamen.«

Er führte mich zu dem Flugzeug, einer zweimotorigen Plancraft-4, mit der sechs Personen befördert werden können. Ich kletterte in das Flugzeug, dessen Kabinentür nicht abgeschlossen war. Am Ende der Passagierkabine befindet sich ein Luke, die zum Stauraum führt. Der Öffnungshebel ist durch ein im Griff eingebautes Schloß gesichert. Vergeblich versuchte ich, die Luke zu öffnen.

Ich verließ die Maschine. »Hat Mrs. Haddican Anweisungen für das Flugzeug gegeben?«

»Auftanken und startklar machen für den Rückflug.«

»Bitte, veranlassen Sie, daß auch meine Maschine startklar gemacht wird. Ich nehme an, Sie kennen Jack Galinas?«

»Selbstverständlich. Er betreibt einen Nightclub in Honolulu, und er besitzt die King-Alfred-Villa am Mauna-Lao-Vulkan.«

»Wie finde ich die Villa, und wo kann ich einen Wagen bekommen?«

»Einen Wagen kann ich Ihnen mühelos beschaffen. Die Leihwagengesellschaft unterhält einen Pool ganz in der Nähe. Ich werde anrufen, und wenn Sie ein paar Dollars klingeln lassen, schickt man trotz der späten Stunde einen ortskundigen Fahrer mit.«

»Kann ich mich nicht allein zurechtfinden? Wahrscheinlich ist es besser, wenn ich allein gehe.«

»Es ist nicht sehr schwierig. Sie folgen den Hinweisschildern bis zum Volcano-Hotel. Von dort finden Sie andere Schilder, die zum Feuersee Halemaumau führen. Zwei Meilen vor dem Parkplatz des Feuersees führt eine schmale Straße nach Westen um den Berg herum. Diese Straße dürfen Sie nicht verfehlen. Sie führt direkt zur King-Alfred-Villa. Sie ist schmal, eine knappe Autobreite – und verdammt schlecht.«

Wir gingen in den Kontrollturm. Der Flugleiter telefonierte mit dem Autoverleiher, der, als er endlich aufwachte, versprach, seinen besten Wagen zu bringen.

»Ich nehme an, daß ich auch mit Honolulu telefonieren kann.«

»Selbstverständlich. Mit allen Anschlüssen auf den großen Inseln können Sie telefonieren, als wenn Sie sich auf dem Festland befänden.«

»Verschaffen Sie mir bitte eine Verbindung mit dem Pacific-Sunrise-Hotel in Honolulu.«

Ich erreichte Phil nach knapp zehn Minuten. »Ich warte auf deinen Anruf, Jerry«, sagte er. »Anscheinend hat Jack Galinas mit Kovalek zusammen die Insel verlassen. Lieutenant Eton suchte nach ihm und nach Helen Haddican. Galinas hat offenbar sein Motorboot benutzt. Der Kahn ist seetüchtig genug, um damit andere Inseln des Archipels zu erreichen.«

»Phil, ich möchte, daß du herüberkommst. Wenn die Ranger-Gang den Nightclub überfiel, dann geschah es in einer bestimmten Absicht. Sie werden sich jetzt Galinas Landsitz vornehmen. Ich glaube, daß Galinas hierher unterwegs ist. Der letzte Akt wird sich auf Hawaii abspielen.«

»Wo treffen wir uns?«

»Buche für morgen einen Trip nach Hawaii. Entweder werde ich dich am Flughafen treffen oder gegen Mittag am Volcano-Hotel.«

»Und wenn du nicht aufkreuzt?«

»Dann interessierst du dich für die King-Alfred-Villa. Das ist der Name des Landsitzes, den Galinas gemietet hat.« Ich beschrieb ihm den Weg.

»Ihr Wagen ist gebracht worden«, meldete der Flugleiter. Es war ein roter Oldsmobil. Als ich mich hinter das Steuer klemmte, zeigte die Uhr im Armaturenbrett zwei Uhr.

Die Beschilderung, angelegt für die Touristen, war perfekt. Die Straße schraubte sich in Windungen in die Berge hinein. Der rote Widerschein am Himmel verstärkte sich mehr und mehr.

Ich fuhr länger als zwei Stunden. Gegen vier Uhr schien es, als würde der rote Schein am Himmel verblassen, aber es war die größere Helligkeit des heraufkommenden Tages, die ihn auslöschte. Als ich die Abzweigung am Volcano-Hotel erreichte, lag das Land im vollen Licht des neuen Tages.

Ich bog in die Straße zum Feuersee. Die Straße war erstklassig betoniert. Sie führte durch dichten Urwald in Lavafelder hinein, deren graue, erstarrte Masse an die Bilder von der Oberfläche des Mondes erinnerte.

Ich fand die Abzweigung, die der Flugleiter beschrieben hatte. Die Straße war nur eine Trasse, die sich in Windungen an den Flanken des Vulkans entlangzog. Hawaiis paradiesische Blumendüfte wurden von beißenden Schwefeldünsten verdrängt.

Wie mit einem Lineal gezogen, wechselte das Lavagelände mit einem dicht bewachsenen Geländestreifen, der von den Lavaströmen verschont geblieben war. Die Straße blieb schmal. Nach einer Meile erweiterte sie sich zu einem kleinen Platz, der sich vor einem flachen, langgestreckten Gebäude ausbreitete. Mitten auf dem Platz stand ein Mercury-Wagen, und an der Kühlerhaube lehnte, eine Zigarette zwischen den Lippen, Harry Drew. Seine rechte Hand war noch immer verbunden.

Der Anblick des Oldsmobil schien ihn nicht sehr aufzuregen. Zwar spuckte er die Zigarette aus und ging langsam zum Heck des Mercury, aber nichts in seinen Bewegungen deutete darauf, daß er mit einer Gefahr rechnete. Dann, als ich mit ihm auf einer Höhe war, erkannte er, wer hinter dem Steuer saß. Fassungslose Überraschung malte sich in seinem Gesicht, und für eine Sekunde verharrte er wie gelähmt. Dann warf er sich herum und versuchte, in den Wagen zu greifen.

Ich stieß die Tür auf und sprang aus dem Oldsmobil. Ich sprang Drew in den Rücken. Er fiel mit dem Kopf gegen das Wagendach und stieß mit seiner lädierten Hand an. Er schrie laut auf. Ich wich einen Schritt zurück. Als Drew sich aufrichtete und umdrehte, traf ich ihn mit einem sauberen Haken auf den Punkt. Er rutschte an der Flanke des Mercury entlang und blieb liegen.

Ich blickte in den Wagen. Unter einem Trenchcoat ragte auf dem Sitz der Lauf einer Maschinenpistole hervor. Ich nahm die Kugelspritze an mich und tastete Drews Taschen ab. Er trug eine Pistole in einer Schulterhalfter. Ich steckte sie in meinen Gürtel.

Mein Oldsmobil war nach ein paar Bocksprüngen von selbst stehengeblieben. Ich schaltete die Zündung aus. Mit der Maschinenpistole unter dem Arm bewegte ich mich auf den Bau zu. Das Haus war im Rancherstil errichtet, ein halbes Dutzend rechteckige Fenster mit geschlossenen Läden unter einem tief heruntergezogenen Dach und in der Mitte ein großer Eingang unter einem Vordach auf Säulen.

Ich sah die kleine Bewegung an einem der Läden. Mit einem Satz tauchte ich in die Deckung einer mächtigen Palme. Der Fensterladen wurde aufgestoßen. Eine MPi hustete eine Serie heraus.

Ich nahm Drews Maschinenpistole hoch, schob den Sicherungsflügel zurück und zog durch. Ich zielte auf den Rand des Fensters. Mörtel spritzte durch die Luft.

In langen Sprüngen rannte ich auf das Haus zu. Ich erreichte die Mauer zwischen zwei Fenstern. Wer jetzt noch auf mich schießen wollte, mußte sich so weit vorbeugen, daß er sich selbst in Gefahr brachte.

Den Rücken eng an die Mauer gepreßt, die Maschinenpistole im Anschlag, so schob ich mich an das nächste Fenster heran. Die Läden waren geschlossen und von innen verriegelt. Ich stellte auf Einzelfeuer, zielte auf die Angeln und zog durch. Die Kugeln schlugen Funken und jaulten wimmernd als Querschläger durch die Gegend, aber mit fünf Schüssen zerblies ich die Angeln. Der Fensterladen kippte herunter. Ich riß ihn vollends heraus und schmetterte den Lauf der MPi in das Fenster. Glas prasselte. Ich griff durch die Öffnung und löste die Verriegelung des Fensters.

Der Raum dahinter war nicht sehr groß und nur mit wenigen Möbeln ausgestattet. Eine Tür befand sich in der Wand dem Fenster gegenüber. Ich zog mich rückwärts auf den Fenstersims hoch. In der selben Sekunde tauchte eine Männergestalt im Hauseingang auf. Bläuliche Mündungsflammen zuckten. Ich ließ mich in den Raum hineinfallen, produzierte eine Rückwärtsrolle und stand wieder auf den Füßen.

Vorsichtig näherte ich mich der Tür, blieb in der Deckung der Wand und öffnete sie mit einem Fußtritt. Wieder belferte eine Maschienpistole. Ich ließ mich auf die Knie sinken, schob dann den Oberkörper nach vorn und feuerte. Undeutlich – denn der Raum lag wegen der geschlossenen Fensterläden im Halbdunkel – sah ich die Umrisse eines Mannes hinter einem Tisch. Ich korrigierte die Zielrichtung. Meine nächste Serie fetzte Holzspäne aus der Tischplatte. Der Mann schrie auf und ließ sich flach auf den Bauch fallen.

Ich hechtete in den halbdunklen Raum hinein, der die zentrale Halle des Hauses sein mußte. Ich erhielt Feuer vom Eingang her, rutschte aber so glücklich zwischen die schweren Sessel einer Polstergarnitur, daß ich mich in einer fast idealen Deckung befand.

Das Magazin der MPi konnte nicht mehr viel Kugeln enthalten, doch ich besaß noch meinen eigenen 38er und die Kanone, die ich Harry Drew abgenommen hatte.

»Hör zu, Art Ranger!« rief ich. »Du tust besser daran, dieses sinnlose Feuerwerk einzustellen. Bis jetzt habe ich mich bemüht, nicht zu treffen, aber wenn du nicht aufgibst, zwingst du mich, ernst zu machen.«

Er reagierte nicht. Ich kippte einen der Polstersessel um. »Ich gebe dir und Burt Smith zehn Sekunden. Danach werde ich alles dransetzen, euch kampfunfähig zu machen, und ich glaube, ich schaffe es.«

Einem von beiden gingen die Nerven durch. Er ließ seine Kugelspritze eine lange Serie hinaushusten. Die Hälfte ging fehl, die andere Hälfte schluckte die dicke Polsterung so mühelos wie eine Sandsackbarrikade. Das Feuer kam vom Eingang her. Den Mann hinter dem Tisch konnte ich noch immer sehen. Zwar verdeckte die Seitenwand des Tisches seinen Oberkörper, aber ich hätte ihn in die Knie oder die Schenkel schießen können.

»Smith, falls du der Mann hinter dem Tisch bist«, sagte ich, »so rate ich dir, keine Bewegung zu machen. Ich habe dein Fahrgestell genau im Visier. Wenn du mich zwingst zu schießen, zertrümmere ich dir die Kniescheiben, und du wirst nie wieder laufen können.«

»Er blufft, Burt!« schrie von der Tür her Ranger. Ich erkannte ihn an der Stimme.

»Probier es aus, ob ich bluffe oder nicht. Soll ich dir die Farben deiner Hosen beschreiben? Anscheinend dunkelgrau mit einem hellen Nadelstreifen. Die Beleuchtung ist schlecht. – Halt! Versuch nicht, das Bein anzuziehen!«

»Nicht schießen, G-man!« rief Smith.

»Okay, ich schieße nicht, wenn du aus deiner Deckung rauskommst!«

»Bleib, wo du bist, zum Teufel!« brüllte Ranger. Er feuerte. Die MPi kläffte zweimal, dann schlug der Hahn leer auf. Ranger schwieg. Ich lauschte auf das Klirren von Metall, wie es das Einsetzen eines Reservemagazins verursacht, aber ich hörte nichts. Entweder besaßen sie keine Reservemagazine, oder sie hatten sie im Wagen zurückgelassen.

»Vorwärts, Smith!« befahl ich. »Kriech langsam aus deiner Deckung, und zwar nach rückwärts!«

Smith gehorchte. Sein plumper Körper kam zum Vorschein, seine eckigen Schultern, dann der quadratische Kopf mit den schwarzen, krausen Haaren. Seine Hände waren leer.

»Aufstehen!« befahl ich. Schwerfällig richtete er sich auf den Knien auf, stellte sich auf die Füße und nahm die Hände hoch.

Vom Eingang her fiel ein breiter Lichtstrahl quer in die Halle, als Art Ranger die Tür aufstieß und hinausrannte. Ich kümmerte mich nicht länger um Smith, sondern spurtete in Riesensätzen in das Zimmer zurück, durch dessen Fenster ich eingedrungen war.

Ranger rannte auf den Wagen zu. Ich setzte drei Kugeln vor seine Füße. Er schlug einen verzweifelten Haken. Als er durchbrechen wollte, feuerte ich noch einmal. Die Kugeln schlugen so dicht vor ihm ein, daß sein Körper, auch gegen seinen Willen, zurückscheute. Er rutschte aus, fiel und blieb, die Maschienpistole in den Händen, liegen.

Ich sprang aus dem Fenster. In langen Sätzen spurtete ich zu ihm, und als er die MPi hob, trat ich sie ihm aus den Händen. Die Kugelspritze schepperte über den Schotter aus Lavagestein. Art Ranger lag vor meinen Füßen. Er keuchte. Er starrte zu mir hoch.

»Steh auf!«

Schwerfällig, als wenn er Lasten zu heben hätte, stellte er sich auf die Füße. »Vorwärts, Art! Wir sammeln deinen Freund Harry gleich mit ein.«

Drew stand zwar im Begriff, sich von der Wirkung meines Hakens zu erholen, aber mehr noch setzte ihn die eigene Hand außer Gefecht. Vermutlich hatte er sich die mühsam zusammengeflickten Finger neu gebrochen. Der Schmerz machte ihn aktionsunfähig.

Ich trieb Ranger und Drew auf das Haus zu. Ich hoffte, ein Telefon zu finden. Als wir auf zehn Yard heran waren, kam Burton Smith aus dem Haus; er ging rückwärts und hielt beide Hände über dem Kopf. Er stolperte die zwei Stufen der kleinen Treppe hinunter, fiel auf den Rücken und blieb, die Arme erhoben, liegen.

Im Eingang tauchte die Gestalt Helen Haddicans auf. Noch immer trug sie das graue, bestickte Cocktailkleid. In den Händen hielt sie die Maschienpistole, die Smith benutzt hatte. Ranger und Drew blieben stehen.

Das harte Gesicht der Frau war wie erloschen. Ich trat einen Schritt vor.

»Mrs. Haddican, Sie werden sich an dem Ding die Hände ölig machen«, sagte ich ruhig. »Besser, Sie lassen die Waffe fallen. Ich zweifle daran, daß Sie damit umgehen können.«

»Ich kann damit umgehen, G-man. Ich werde Sie und diese Männer töten, um das Leben meiner Tochter zu retten.«

»Warum knallst du das hysterische Frauenzimmer nicht ab?« schrie Ranger.»Sie wird uns umlegen!«

»Ich glaube nicht, daß Sie Ihre Tochter retten, wenn Sie andere Menschen töten.«

Sie wandte den Kopf ein wenig über die Schulter. »Komm raus!« befahl sie.

Ein großer, dicklicher Neger erschien auf der Szene. Er zog den Kopf zwischen die Schultern und war grau vor Angst.

»Wiederhole, was du uns gesagt hast!«

Er leckte über die Lippen. »Chef läßt sagen, mit Gewalt erreicht die Lady nichts. Lady soll warten, bis Chef sich meldet.«

»Wer ist dein Chef?« fragte ich.

»Mr. Galinas, Sir!«

»Rief er an?«

Der Neger nickte.

»Hat Galinas Ihre Tochter entführt?«

Sie schwieg.

»Hören Sie zu, Mrs. Haddican! Wenn Sie wirklich den Abzug am Finger der Maschinenpistole krümmen, zwingen Sie mich, auf Sie zu schießen, und ich bin sicher, ich kann es besser und schneller als Sie. Vielleicht werden Sie einen oder zwei Männer töten, bevor sie selbst kampfunfähig sind, aber mit Gewalt verbessern Sie die Lage Ihrer Tochter nicht. Ich verspreche Ihnen, daß ich nichts unternehmen werde, was Cynthia gefährden könnte, aber lassen Sie uns vernünftig miteinander reden.«

Sie zögerte, aber schon ihr Zögern verriet, daß ich gewonnen hatte. Eine volle Minute standen wir uns schweigend gegenüber. Dann lehnte sie mit einer merkwürdig vorsichtigen Geste die Maschinenpistole gegen einen der Pfeiler, die das Vordach trugen.

Ich nahm die Waffe auf. Mit einer Kopfbewegung befahl ich Ranger, Drew und Smith, ins Haus zu gehen.

Helen Haddican hatte sich in der halbdunklen Halle in einen Sessel gesetzt. Neben diesem Sessel stand die schwere Krokodilledertasche, die ich bei ihrer Ankunft und während der Empfangsparty im Pacific-Sunrise-Hotel gesehen hatte.

»Ihr stellt euch an die Wand dort drüben!«

Drew hielt die Hand hoch. »Ich brauche einen Arzt, G-man!«

Der dickliche Neger war mitgekommen. Er öffnete die Läden vor einem halben Dutzend Fenstern. Das helle Licht des jungen Tages fiel in den Raum.

»Wo ist das Telefon?«

Helen Haddican fuhr auf: »Sie dürfen die Polizei nicht anrufen, G-man!«

»Warum nicht?«

»Cynthia befindet sich in Galinas Gewalt, aber ich weiß nicht, wo er sie versteckt hält. Wenn er merkt, daß ich mich an die Polizei gewandt habe, wird er sie verschwinden lassen.« Ihr sonst so hartes Gesicht nahm den Ausdruck völliger Verzweiflung an. »Er kann sie leicht verschwinden lassen. Es genügt, daß er sie irgendwo über Bord wirft. Den Rest besorgen die Haie.«

»Es würde ihn den Kopf kosten.«

»Welches Gericht soll ihn verurteilen und aufgrund welcher Indizien? Hat Cynthia gesagt, sie wäre entführt worden? Haben Sie nicht selbst mit ihr gesprochen, als sie auf dem Flughafen von Honolulu angekommen war? Ich selbst habe Ihnen erzählt, meine Tochter wäre freiwillig nach Hawaii geflogen, und Galinas wird beschwören, sie überhaupt nicht gesehen zu haben.«

»Offenbar haben Sie sich in eine Menge Schwierigkeiten gebracht, Mrs. Haddican. Hängt es mit den falschen Zwanzigdollarscheinen zusammen?«

Sie preßte die Lippen aufeinander, aber sie antwortete nicht. Ranger meldete sich. »Ah, die Schnüffler wissen Bescheid!«

»Hat Helen Haddican dich angeheuert, um Ihre Tochter zu befreien?«

»Ja, das hat sie«, antwortete er. »Können wir die Pfoten herunternehmen, G-man?«

»Es ist nicht wahr«, sagte die Frau. »Theane knüpfte die

Verbindung zu Gardiner und zu Ranger, nachdem Gardiner ermordet worden war.«

»Sie sagen nicht die ganze Wahrheit, Madam«, bellte Ranger. »Sie haben uns angefleht, zu den Inseln zu fliegen, damit wir außer den Millionen auch Ihre Tochter aus Mr. Galinas' Fingern herausholen. Sie haben die Passagen für uns bezahlt, wie Sie auch die Kaution hingeblättert haben. Sie gaben uns den Tip, Galinas' Club zu durchsuchen, während er in Ihrem Hotel saß. Schließlich haben Sie uns hierher verfrachtet mit dem Versprechen, wir würden die linken Dollars hier finden. Statt dessen treffen wir den G-man. Verdammt, ich wünsche, ich hätte mich nie mit Ihnen eingelassen.« Er wandte sich an mich.

»Ich habe nur aus Versehen auf dich geschossen, G-man«, erklärte er mit einem zynischen Grinsen. »Ich konnte ja nicht wissen, wer da mit 'ner Maschinenpistole herumspielte. Jedenfalls habe ich niemanden umgelegt.«

»Und William Theane, den Lagerverwalter?«

»In der Nacht warst du bei mir, G-man. Ich war blau. Ich hätte nicht einmal eine Mücke an der Wand totschlagen können.«

»Und das Mädchen? Lorain Streen?«

»Den Namen habe ich nie gehört! Verstehst du, G-man? Nie gehört?«

»Wo sind die Dollars?«

Ranger spuckte wütend auf den Boden. »Erst hat sie uns erzählt, wir fänden die Scheine in der Kaschemme. Dann hat sie gesagt, wir fänden sie hier, aber Galinas hat die Dollars genauso sicher versteckt wie das Mädchen.«

Ich stutzte. Irgend etwas war unlogisch an dieser Erklärung. Warum sollte Galinas das Mädchen entführt haben, wenn er das Geld bereits besaß? Ich blickte Helen Haddican an. Ihre Augen suchten meinen Blick, und ich las darin die Bitte, sie nicht zu verraten.

»Wie soll es weitergehen, Mrs. Haddican?«

»Ich werde hier warten, bis Galinas anruft. Lassen Sie mich mit ihm sprechen! Er wird mir die Bedingungen nennen, unter denen er Cynthia freiläßt. Sobald sich Cynthia in Sicherheit befindet, haben Sie freie Hand, G-man. Auf mich brauchen Sie dann keine Rücksicht zu nehmen.«

»He, von uns ist überhaupt nicht mehr die Rede!« rief Ranger. »G-man, ich verlange, daß du uns nach den Vorschriften behandelst. Du kannst uns nicht stundenlang hier an der Wand festnageln. Sieh dir Harry an! Der arme Hund ist 'ner Ohnmacht nahe.«

»Setzt euch auf den Fußboden.« Ich winkte dem Farbigen. »Kannst Du einen Wagen fahren?« Er nickte. »Ist die Garage leer?«

»Ja, Mr. Galinas' Wagen steht auf einem Parkplatz am Hafen.«

Ich warf ihm die Schlüssel des Oldsmobil zu. »Fahr meinen Wagen in die Garage, laß den Schlüssel stecken und schließ die Garagentür nicht ab.«

Ich beobachtete ihn vom Eingang aus. Er verhielt sich korrekt. Als er den Wagen in die Garage gefahren hatte, kam er zurück. Die Maschinenpistole unter dem Arm, zündete ich mir eine Zigarette an. »Sie sollten meine Meinung hören, Mrs. Haddican«, sagte ich. »Überlassen Sie es uns, der Polizei, Ihre Tochter zu befreien! Ich werde Ranger und seine Freunde hinter Schloß und Riegel bringen, und dann werden wir Galinas abfangen.«

Sie fuhr auf. »Sie haben mir versprochen, Cynthia nicht zu gefährden. Halten Sie Ihr Wort, G-man!«

»Okay, Sie sind die Mutter, und in Kidnappingfällen entscheiden die Betroffenen über jede Maßnahme. Aber Sie, Helen Haddican, tragen die Schuld daran, daß Ihre Tochter sich in einer lebensgefährlichen Situation befindet. Sie sollten sich gut überlegen, ob Sie nicht endlich mit der Polizei zusammenarbeiten wollen.«

»Ich gebe auf, sobald ich Cynthia in Sicherheit weiß«, wiederholte sie, »aber nicht früher.«

»Sie hätten sich schon in New York zu dieser Einstellung durchringen sollen; dann wäre Ihre Tochter nie in diese Lage geraten.«

Langsam ließ sie sich wieder in ihren Sessel sinken. »Ich weiß, daß ich falsch gehandelt habe«, sagte sie halblaut, »Aber daran läßt sich nichts mehr ändern.«

Ich setzte mich auf den Schreibtisch, hinter dem Smith gelegen hatte. Das Telefon stand in Reichweite, und es besaß einen zweiten Hörer zum Mithören.

»In Ordnung«, knurrte ich. »Warten wir also, bis sich Mr. Galinas meldet und uns seine Bedingungen diktiert.«

Phil ging an die Rezeption. Unter dem Schild ›Trip-Buchungen‹ stand ein hübsches, aus verschiedenen Rassen zusammengesetztes Mädchen.

»Kann ich für heute einen Trip zur Hawaii-Insel buchen?«

»Selbstverständlich, Sir! Der Bus fährt um neun Uhr zum Flughafen. Sie können vorher noch frühstücken. Sollen wir die Kosten auf Ihre Rechnung setzen, oder wollen Sie sofort zahlen?«

»Auf die Rechnung, bitte!« Er trug sich mit Namen und Zimmernummer in die Teilnehmerliste ein.

Als er im Frühstücksraum saß, kamen die Zwillinge herein und erstürmten seinen Tisch. Beide trugen superkurze Shorts und ärmellose Blusen, die eine rot-weiß, die andere blau-grün gestreift. »He, wir haben deinen Namen auf der Tripliste für Hawaii gesehen! Wir fliegen mit!«

»Hast du noch irgend etwas von dem G-man gehört?« fragte Grace. Phil schüttelte den Kopf. Rosy beugte sich zu ihm und suchte seinen Blick. »Du hast noch nie von deinem Beruf gesprochen.«

»Ich verkaufe Krawatten bei Macy's«, sagte Phil.

Zwanzig Minuten später saß er im Omnibus zwischen den Mädchen. Er trug Shorts und ein buntes Waikiki-Hemd. Den 38er trug er in einer Handtasche mit einem Reißverschluß, in der auch seine Kamera steckte. Den Männern auf den Nachbarsitzen fiel es schwer, die Blicke von Graces und Rosys freigelegten Oberschenkeln loszureißen und den Schönheiten Honolulus zu widmen.

Fünf zweimotorige Maschinen mit je dreißig Sitzplätzen standen für die Ausflüge bereit. Im Bestreben, einen Fensterplatz zu ergattern, drängten die Touristen sich am Einstieg. Grace wurde von ihrer Schwester getrennt und landete neben einem säuerlichen, spindeldürren Fräulein, das einen Blick voller Entsetzen auf Graces knappe Verpackung warf und danach während des Restes des Fluges angestrengt aus dem Fenster starrte.

Die Türen wurden geschlossen. Aus der Pilotenkabine kam ein grauhaariger, großer Mann in einem schmuddeligen, sackweiten Tropenanzug. Während die Maschine zur Startbahn rollte, griff er nach einem Mikrophon. »Ladys und Gentlemen. Mein Name ist Robert Callahan. Ich freue mich, Ihnen auf diesem Trip als Reisebegleiter und Führer zu dienen. Ich begrüße Sie im Auftrage des ›Haddican's World Service‹ an Bord. Wir werden um zehn Uhr und fünfzehn Minuten auf dem Flugplatz von Hilo landen. Wir steigen dann in den bereitstehenden Bus und absolvieren folgendes Programm: Zunächst fahren wir durch die Orchideenplantagen von Hilo. Sie haben dort Gelegenheit, Ihren Angehörigen per Flugpost eine von Ihnen selbst ausgewählte, echte hawaiische Orchidee schicken zu lassen. Der Preis beträgt zwischen zehn und zwanzig Dollar. Danach fahren wir am Hulihee Palace, dem Sitz der früheren königlichen Familie von Hawaii, vorbei. Durch Zuckerrohr- und Ananasplantagen und durch Lavafelder erreichen wir das Volcano-Hotel, das unmittelbar am Krater eines tätigen Vulkans liegt. Dort wird Ihnen ein Lunch serviert. Nach dem Lunch, etwa um zwei Uhr, bringt der Omnibus Sie zum Feuersee Halemaumau, dem Höhepunkt und der Sensation unseres Ausfluges. Bitte, schnallen Sie sich jetzt zum Start an!«

Die Maschine hob ab und stieg. Rosy, die neben Phil auf dem Fensterplatz saß, wollte ihm die Chance eines Blicks nach draußen geben. »Sieh dir an, wie zauberhaft es aussieht!« rief sie und lehnte sich zurück, damit Phil an ihr vorbei aus dem Fenster blicken konnte. »Gib mir die Tasche. Ich leg' sie ins Netz!«

Phil winkte ab. »Lieber nicht!«

Rosy musterte ihn aufmerksam. »Hör zu, Phil! Für einen Krawattenverkäufer im Urlaub machst du einen verdammt sorgenvollen Eindruck«, sagte sie lächelnd.

»Unsinn!« Er beugte sich vor und blickte aus dem Fenster. »Da ist der Strand von Waikiki! Morgen werden wir wellenreiten. Als Surfer bin ich ganz groß!«

Rosy rieb ihr nacktes Knie an seinem. »Ich glaube du bist als Lügner noch größer!«

Als die Klingel des Telefons anschlug, blickte ich auf die Armbanduhr. Es war wenige Minuten vor zehn Uhr. Seit rund fünf Stunden saß ich mit drei Gangstern und einer Frau, deren Handlungsweise sich bisher kaum von der einer Gang-Chefin unterschieden hatte, in der Halle. Gegen acht Uhr hatte Harry Drew einen Tobsuchtsanfall erlitten. Bevor ich eingreifen konnte, hatte Ranger seinen Kumpan mit Brutalität zusammengeschlagen. Der schwarze Verwalter hatte aus der Hausapotheke Beruhigungstabletten beschafft, und Ranger hatte Drew gezwungen, eine Handvoll davon zu schlucken. Jetzt lag er die Länge nach auf dem Fußboden und schnarchte.

Ranger hockte an der Mauer und starrte mich seit der Schlägerei mit brennenden Augen an. Er rauchte nahezu ununterbrochen. Burton Smith saß in einigen Schritten Entfernung, ließ den Kopf hängen und schlief.

Ich selbst behielt seit Stunden meinen unbequemen Platz auf der Schreibtischkante bei, und ich wußte, aus welchem Grund ich es tat. Ich fühlte mich müde und wie gerädert. Zweimal wäre ich eingeschlafen, wenn nicht im selben Augenblick, in dem ich das wache Bewußtsein verlor, mein Oberkörper nach vorne gefallen, und ich dadurch aufgeschreckt wäre. Ich spürte, daß Ranger auf seine Chance lauerte.

Auch Helen Haddican schlief nicht. Aufrecht saß sie in dem Sessel. Fast ununterbrochen blickte sie das Telefon an.

Als die Klingel anschlug, fuhr sie auf. Ich nickte ihr zu. Sie streckte die Hand aus. Ich sah, daß sie zitterte. Sie nahm den Hörer ab. Gleichzeitig preßte ich den zweiten Hörer ans Ohr. »Hallo!« sagte Helen Haddican.

Der Mann am anderen Ende der Leitung lachte. »Guten Morgen, Helen!« Ich erkannte Galinas' Stimme. »Sie haben auf dreckige Art versucht, mich reinzulegen.«

»Ich wollte aussteigen, Jack, aufgeben, aber . . .«

»Sie nennen es aufgeben, wenn sie mir ausgekochte New Yorker Gangster auf den Hals hetzen? Sie sind eine heimtükkische Katze, Helen. Während Sie mit mir über die Bedingungen palavern, treten Ihre Gangsterfreunde auf meinem armen Halim herum, bringen meinen Club in Verruf und stürzen mich außerdem in Schwierigkeiten mit der Polizei. Sie haben übereilt gehandelt, Helen, und Sie werden es bezahlen müssen.«

»Wie geht es Cynthia? Ist sie gesund?«

»Begreifen Sie endlich, daß ich überhaupt kein Interesse daran habe, der schönen Cynthia ein Haar zu krümmen.« Er lachte dreckig. »Ich würde es vorziehen, sie zu lieben, statt sie zu töten, aber leider scheine ich nicht ihr Typ zu sein.«

»Lassen Sie mich mit ihr sprechen!«

»Das hat Zeit! Wo sind Ihre Gangster?«

»Hier in der Villa!«

»Wo ist Stephanus, mein Verwalter?«

»Ebenfalls hier.«

»Okay! Hören Sie jetzt meine Bedingungen! Als ersten schicken sie Stephanus weg. Sagen Sie ihm, er soll bis zur Fahrstraße gehen und dort versuchen, einen Bus oder eine andere Beförderungsmöglichkeit zu bekommen. Ich will nicht, daß er sieht, wenn ich zusammen mit Cynthia in die Villa komme. Er ist eine ehrliche Haut, der einem Polizisten ehrliche Antworten geben würde.«

»Ich habe verstanden. Ich werde ihn fortschicken.«

»Zweite Bedingung: Sie brauchen Ihre Gangster nicht mehr. Schicken Sie die Jungens weg.«

Helen Haddican sah mich fragend an. Ich nickte. »Ja, ich habe verstanden«, antwortete sie.

»Haben Sie verstanden?« echote Galinas höhnisch. »Versuchen Sie nicht schon wieder, mich zu hintergehen, Helen? Sie sind nämlich nicht in der Lage, ihre Leute kurzerhand wegzuschicken. Sie würden Ihnen nicht gehorchen. Sie haben diese Leute nicht mehr in der Hand, so wenig wie Sie Gardiner noch steuern konnten. Ihnen allen hat längst der Geruch des großen Geldes in die Nase gestochen.«

»Glauben Sie mir endlich, daß es Theane war, der Ihnen Gardiner auf den Hals schickte!«

»Schon gut! Geschehene Dinge lassen sich nicht mehr rückgängig machen. Wir müssen Ihre Gangster einkalkulieren. Sorgen Sie dafür, daß keiner von ihnen übereilt handelt. Cynthia hätte es auszubaden. Wo ist das Geld, Helen?«

»Hier!«

»Ich meine nicht die paar Dollars, die Sie mit sich herumschleppen. Ich meine die ganze Summe, über fünf Millionen, und ich meine jeden einzelnen Schein.«

»Alles ist hier!« wiederholte sie. Sie blickte zu Ranger hinüber, der aufgestanden war und mit vorgestrecktem Kopf auf jedes Wort des Gespräches lauschte. Sie war ängstlich bemüht, sich nicht zu verraten.

Sie wollte Ranger noch immer im Glauben lassen, die ungeheure Summe an falschen Zwanzigdollarscheinen befände sich im Besitz Galinas'.

»Drücken Sie sich genauer aus!« befahl der Mann.

»Hier auf Hawaii! Sie können nicht verlangen, daß ich meinen einzigen Trumpf aus der Hand gebe.«

»Ich verlange alles, Helen. Sie selbst sind schuld daran, wenn wir Sie jetzt aus diesem Geschäft ausbooten müssen. Wir alle haben gut bei dem Verfahren verdient, aus wertlosem bedruckten Papier, das zufällig das Aussehen von Zwanzigdollarscheinen hat, wirkliche Werte zu machen. Sie haben mit Ihrer Gier nach einem größeren Anteil unseren Pool platzen lassen. Jetzt müssen wir umorganisieren. Wir müssen den FBI abschütteln, und wir müssen auf irgendeine Weise Ihren Gangstern den Rachen stopfen. Das alles verursacht so viel Unkosten, daß für Sie, Helen, nichts mehr abfallen wird.«

»Ich will, daß Sie endlich Cynthia freilassen. Alles andere ist mir gleichgültig.«

»Natürlich, Helen! Lassen Sie mich jetzt mit dem Anführer Ihrer Gangster sprechen!«

Sie starrte mich entsetzt an. Ich preßte die Lippen aufeinander. »Hallo, Helen? Haben Sie nicht verstanden? Ich will den Boß der Gangster sprechen.«

Ich nickte. Es gab keinen anderen Ausweg. Helen Haddican streckte Art Ranger den Hörer hin. »Er will Sie sprechen«, sagte sie tonlos.

»Mich?« Ranger wies mit dem Daumen auf sich und kam langsam auf den Tisch zu. Ich suchte seinen Blick. Wir starrten uns in die Augen.

Ich konnte nicht sprechen, aber ich glaube, er verstand die Drohung in meinem Blick.

Er griff nach dem Hörer. »Hallo!« sagte er.

»Sag mir deinen Namen!«

»Art Ranger.«

»Du kennst Gardiner?«

»Er war mein Boß, und ich habe diese Sache von ihm geerbt.«

»Bis jetzt, Ranger, standen wir auf den gegenüberliegenden Ufern des Flusses. Wir müssen uns einigen, wenn wir nicht beide im Fluß ersaufen wollen. Der FBI schnüffelt schon auf den Inseln herum.«

In Rangers Gesicht erschien ein breites Grinsen. »Bis jetzt hast du keine Neuigkeiten erzählt, Jack Galinas.«

»Helen Haddican hat über fünf Millionen Dollar in Blüten, und wir haben eine Möglichkeit gefunden, die Blüten zu gutem, echtem Geld zu machen.«

»Eine Sekunde, Mann! *Du* hast die fünf Millionen. So hat sie es mir erzählt. Sie sagte, Theane wäre der Mann gewesen, der über die Blüten verfügte, und er hätte euch das Versteck verraten, als ihr ihn durch die Mangel drehtet.«

Galinas schwieg verdutzt. Dann lachte er: »Ah, sie ist siebenmal ausgekocht, die alte Helen. Theane hatte das Falschgeld artig bei ihr abgeliefert. Er wußte nicht, wo sie es untergebracht hatte. Sie besitzt die Scheine, Ranger. Verlaß dich darauf!«

»Ich verstehe jetzt. Du willst die Tochter gegen die Blüten tauschen.«

»Genau, und ich möchte nicht, daß wir uns bei diesem Tauschgeschäft in die Quere kommen. Es hat keinen Sinn, wenn der eine versucht, den anderen reinzulegen. Nur ich besitze die Möglichkeit, die Blüten in echte Dollars zu verwandeln. Für euch sind sie wertlos wie Altpapier.«

»Ich höre deine Vorschläge.«

»Wir booten Helen aus, und du erhältst ihren Anteil. Alles in allem kannst du mit einer halben Million rechnen.«

»Bis jetzt war immer von fünf Millionen die Rede.«

»Du kannst nicht einen falschen gegen einen echten Dollar aufrechnen. Wir müssen die Blüten durch 'ne Menge Hände schleusen, und jeder will verdienen.«

Ranger sah mich an. »Ich wäre mit einer halben Million zufrieden, wenn nicht . . .« Er brach ab.

»Sprich weiter!« verlangte Galinas.

»Nichts weiter! Was sollen wir tun?«

»Wartet auf mich dort, wo ihr jetzt seid. Ich werde kommen und mit Helen die Übergabebedingungen aushandeln. Laßt euch nicht auf ihre Seite ziehen! Ich wette, daß sie es noch einmal versuchen wird. Sie gibt verdammt ungern auf! Aber ein Geschäft könnt ihr nur mit mir machen. Ist das klar?«

»Wann kommst du?«

»In ungefähr drei Stunden! Gib mir noch einmal Helen!«

Ranger übergab den Hörer an die Frau. Er blieb bei uns stehen. »Hören Sie, Helen? Ich glaube, ich kann mich mit diesem Mann einigen. Ich werde zur Villa kommen, aber ich muß noch einige Vorbereitungen treffen. Sie haben mich mit Ihrer Blitzaktion zu überstürztem Handeln gezwungen. Bevor ich Ihnen gegenübertrete, möchte ich gegen alle denkbaren Möglichkeiten gewappnet sein.«

Es knackte in der Leitung. Er hatte aufgelegt. Helen Haddican ließ den Hörer in die Gabel gleiten.

»Kann ich mir 'ne Zigarette nehmen, G-man?« fragte Ranger. Er wartete meine Antwort nicht ab, nahm das Päckchen vom Tisch und zündete sich eine an. »Sieht so aus, als wäre mein Typ gefragt«, sagte er und blies den Rauch des ersten Zuges gegen die Decke. »Ohne mich holt ihr das Mädchen nicht raus. Du wirst mich um meine Mitwirkung bitten müssen, G-man.«

»Ich werde dich und deine Freunde in einen Keller sperren, werde mir ein Dutzend Cops zur Hilfe holen, und wir werden ohne deine Hilfe Galinas abfangen.«

»Nein!« schrie Helen Haddican.

Ranger machte eine Kopfbewegung. »Du hörst, wie sie darüber denkt. Wenn Galinas mich hier nicht findet, kann sie ihre Tochter abschreiben.«

»Er hat recht, G-man!« Helen faßte nach meinem Arm.

«Ranger ist ein Gangster, auf den Sie nicht zählen können.«

»Wie verdammt schlecht du von mir denkst, G-man! Selbstverständlich würde ich dich gern mit 'nem Dutzend Kugellöchern auf der Erde sehen, aber ich bin nicht so idiotisch, in eine Sache einzusteigen, bei der der FBI schon vor der Tür steht. Ich werde dir helfen, die Tochter dieser Lady aus den Klauen ihrer Entführer zu befreien. Als Gegenleistung vergißt du, daß ich, Burt und Harry jemals den Fuß auf diese Insel gesetzt haben.«

»Sagen Sie ja«, drängte die Frau. »Denken Sie daran, daß Sie schuld sind, wenn Cynthia . . .« Ich brachte sie mit einer Handbewegung zum Schweigen.

»Sie treffen wieder die falsche Entscheidung, Mrs. Haddican«, sagte ich böse. »Ihre Entscheidung war schon falsch, als Sie sich auf eine Zusammenarbeit mit Gangstern einließen.«

Ich nahm das Magazin aus Smith' Maschinenpistole, entfernte alle Patronen, setzte das Magazin wieder ein und warf die Waffe Ranger zu, der sie geschickt auffing. Ebenso verfuhr ich mit der Waffe, die ich in der Hand hielt, und die ohnedies nur noch vier Patronen enthielt. »Damit ihr nicht so nackt ausseht, wenn Mr. Galinas kommt.«

Ich ließ Helen Haddican und die Gangster im Haus zurück, ging hinaus und nahm den Verwalter mit.

»In der Villa, Stephanus, haben sich Verbrechen abgespielt. Du versuchst das Volcano-Hotel zu erreichen. Sieh dich nach einem großen blonden Mann um, der eine Flugtasche der National-Charter-Company trägt. Er gehört zu einer Gruppe Touristen, die von Oahu herübergekommen sind, und er heißt Phil Decker. Sag ihm, er soll herkommen, aber er soll vorsichtig sein; das genügt.«

Die Maschinenpistole, die ich Ranger aus den Händen getreten hatte, lag noch auf dem Vorplatz. Das Magazin war leer. Ich stopfte alle Patronen hinein, die ich aus den anderen Waffen genommen hatte. Während der Negerverwalter zwischen den tropisch wuchernden Pflanzen links und rechts der Zufahrtsstraße verschwand, ging ich zum Haus zurück.

Art Ranger hatte sich inzwischen meines Zigarettenpäckchens bemächtigt. Rauchend und schweigend sah er zu, wie ich die Villa inspizierte. Ich fand einen Raum, der von der Halle nur durch eine einfache Tür getrennt war. Durch das Fenster konnte ich den Vorplatz und das Ende der Straße sehen.

»Wenn Galinas kommt, werde ich in diesem Zimmer sein«, sagte ich zu Ranger. »Ich kann jedes Wort, das gesprochen wird, hören, und ich kann euch sehen. Und ich kann schießen, wenn es sein muß. Denk daran, Ranger!«

»Schon gut, G-man! Du wirst sehen, wie erstklassig ich meine Rolle spiele.« Er wies mit dem Daumen über die Schulter auf den schlafenden Drew, der röchelnde Schnarchlaute von sich gab. »Pack Harry in irgendeinen Raum, damit ich keine Ausreden für die Tatsache erfinden muß, daß einer von meinen Leuten schläft.«

Er und Burton Smith trugen Drew in die Küche der Villa. Auf Rangers Befehl suchte Smith die Hülsen der verschossenen MPi-Patronen zusammen.

»Mr. Galinas soll nicht auf den Gedanken kommen, in seinem Haus könnte ein schießwütiger Polizist herumgeballert haben«, sagte Ranger. Er zog die Lippen von den Zähnen und lachte auf eine häßliche, tückische Art.

Auch auf Hawaii waren die Hawaii-Mädchen unvermeidlich. Sie schwangen die Hüften vor den Besuchern auf dem Weg von den Flugzeugen zu den Autobussen, versuchten Blumenkränze zu verkaufen und küßten ältere Gentlemen auf die Glatzen oder die Wangen.

Phil ging zwischen Grace und Rosy und tat, als wäre er gutgelaunt. Der riesige Schriftsteller sammelte die Haddican-Touristen um sich und führte sie zu einem roten Bus in der langen Reihe der anderen. Am Ende der Bus-Schlange standen Taxis, deren Fahrer mit viel Geschrei und großartigen Versprechungen einzelne Fische aus dem Touristenstrom für sich abzusprengen versuchten.

Phil sah zwischen den Taxen eine blaue Cadillac-Limousine. Callahan blieb stehen und blickte zu dem Wagen hinüber. Dann drängte er seine Gruppe einzusteigen, kletterte aber nicht selbst mit in den Bus, sondern ging zu dem Wagen. Die Sonne spiegelte in der Windschutzscheibe. Phil konnte nicht erkennen, wer in dem Fahrzeug saß.

Der Schriftsteller kam zurück. Er gab dem Busfahrer ein Zeichen. Der Mann, ein Filipino, brachte das schwere Fahrzeug in Gang. Callahan schien nachdenklich. Erst, als der Bus schon durch die Orchideenanlagen rollte, besann er sich auf seine Pflichten und lieferte über Lautsprecheranlage Erklärungen. Der erste Halt wurde bei einem großen Gewächshaus eingelegt. Orchideen in allen Farben standen wie in einem riesigen Freiluft-Selbstbedienungsshop zur Auswahl. Ein Dutzend Mädchen hielt passende Verpackung, Grußkarten und Porto bereit.

Grace und Rosy zerrten Phil an den Verkaufstischen entlang. »Ich brauche eine dunkellila Blüte für mein Haar«, rief Grace. »Oder glaubst du, daß dunkelrot besser wirkt?«

»Ja«, antwortete Phil.

Grace nahm seinen Kopf zwischen beide Hände und küßte ihn knallend auf den Mund. »Hör zu, Krawattenverkäufer«, sagte sie. »Du bist ein öder Bursche. Ich sehne mich nach meinem G-man zurück.« Die Girls ließen Phil stehen und suchten allein nach den passenden Blumen. Phil war es nur recht. Er ging in den Bus zurück und stellte fest, daß Callahan das Fahrzeug nicht verlassen hatte. Er saß neben dem Fahrer und saugte an einer Taschenflasche.

»Bekommt Ihnen das bei der Hitze?«

Callahan setzte die Flasche ab. »Ich glaube nicht, daß meine Leber entzückt ist, aber ich kann ihr nicht helfen. Sie muß schon damit fertig werden. Wenn Sie irgendeinen besonders häßlichen Anblick haben, der Ihnen auf den Magen schlägt, brauchen sie 'nen Schluck. Mir schlagen Hawaiis Schönheiten auf den Magen. Ich kann diese ganze bunte Pracht ohne Stärkungsmittel nicht mehr ertragen.« Er schraubte die Flasche zu und verwahrte sie in der ausgebeulten Tasche seines sackweiten Anzugs. Dann griff er nach dem Mikrofon. »Zeit, daß ich meine Schäfchen wieder zusammentreibe.« Er musterte Phil. »Haben Sie etwas Schönes für die Lieben daheim gefunden?«

»Ich habe keine Lieben daheim.«

»Ich auch nicht«, grunzte Callahan und rief ins Mikrofon: »Ladys und Gentlemen, bitte kommen Sie zum Bus zurück.«

»Erhalten Sie Prozente?« fragte Phil.

»Selbstverständlich, aber davon werde ich auch nicht Millionär.«

Grace hatte sich mit fraulicher Konsequenz weder zu Lila, noch zu Rot, sondern zu Giftgrün entschlossen. Rosy hatte einen Zweig bizarrer, gesprenkelter Blüten gewählt.

Es fiel Phil schwer, seine Ungeduld zu bezähmen. Er trabte zwischen den Mädchen durch den königlichen Palast; er betrachtete das Denkmal für Kapitän Cook, der Hawaii entdeckte, und den die Eingeborenen zum Dank dafür aufgefressen hatten. Es hatte ihnen nichts genützt. Der weiße Mann war ihnen nicht erspart geblieben.

Phil quälte der Gedanke, daß er sich über die Touristenroute der Insel schleifen ließ, während Jerry Gangster jagte. Endlich steuerte der Fahrer den Bus auf die Serpentinenstraße zu den Vulkanen. Kurz vor ein Uhr stoppte er auf dem Parkplatz des Volcano-Hotels. Die Touristen stömten aus den Fahrzeugen. Hotelclerks in weißen Jacken dirigierten sie in die großen Speisesäle.

Rosy und Grace packten Phil mit ihren gekauften Orchideen voll und verschwanden in den Waschräumen für Ladys.

Phil entdeckte zwischen den Bussen die blaue Cadillac-Limousine, und er sah, daß Callahan genau wie am Flugplatz zu dem Wagen hinüberging. Er sprach mit dem Mann auf dem Beifahrerplatz.

Phil deponierte die Blumen auf einem Tisch. Wie jemand, der etwas vergessen hat, ging er zum Bus zurück, und er kam nahe genug an den Cadillac heran, daß er den Mann hinter dem Steuer erkennen konnte. Es war jener massive, blonde Schlägertyp, der den Schriftsteller an der Bar des Pacific-Sunrise-Hotels verprügelt hatte. Es schien Phil seltsam, daß er jetzt friedlich an diesem Wagen stand. Den zweiten Mann auf dem Beifahrersitz konnte Phil nicht erkennen, denn Callahan trat einen Schritt zurück, und der Cadillac fuhr an, bog nach rechts ab und verließ den Parkplatz.

Callahan erblickte Phil. Für eine Sekunde spiegelte sich Mißtrauen in seinem Gesicht. Dann lachte er und kam auf Phil zu. »Kann ich irgend etwas für Sie tun, Sir?«

»Ich habe meine Zigaretten im Bus vergessen.«

»Der Fahrer ist zum Essen gegangen und hat abgeschlossen. Kaufen Sie sich ein neues Päckchen.« Er legte den mächtigen Arm um Phils Schulter und führte ihn zum Hotel zurück. Im Vorraum schimpften Rosy und Grace: »Warum läufst du weg, anstatt auf unsere Blumen aufzupassen?« Rosy stieß einen Finger in seine Magengrube und erklärte: »Wenn du dich weiter so unzuverlässig zeigst, werde ich ›nein‹ sagen, falls du um meine Hand anhältst.«

Callahan betrachtete die Mädchen von den Füßen bis zu den Köpfen, und seine Blicke verweilten besonders liebevoll auf den knapp verpackten Wölbungen und den nackten Oberschenkeln.

»Mann«, sagte er zu Phil, »ich an Ihrer Stelle würde auf diese beiden Schätzchen aufpassen wie auf hochkarätige Diamanten.«

Er setzte sich mit Phil und den Mädchen an einen Tisch. »Wenn ich dabeibin, bekommen Sie ein besseres Essen als die anderen.« Er grinste die Zwillinge an. »Ich hoffe, ihr erlaubt mir als Dank, ein bißchen an euch herumzukneifen.« Er versuchte es tatsächlich, und Grace schlug mit der geballten Faust und mit voller Kraft zu. Callahan schüttelte die Hand in der Luft, aber sein Grinsen verschwand nicht. Er lachte Phil an. »Sehen Sie, das ist noch ein Grund, warum ich Whisky vorziehe. Die Flasche kann sich nicht wehren, wenn ich sie anfasse.«

Callahan bestellte eine Serie einheimischer Gerichte, von denen Phil und die Mädchen nicht einmal die Namen kannten, aber alles schmeckte gut. Der Schriftsteller schaufelte die Speisen mit einer Geschwindigkeit in sich hinein, als nähme er an einem Wettessen teil. Während den anderen noch das Dessert serviert wurde, stand er auf: »Muß mich um die Organisation kümmern.«

Er wandte sich an alle: »Ladys und Gentlemen! Ich bitte Sie, nach Beendigung Ihres Lunch in etwa einer halben Stunde wieder die Omnibusse zu besteigen und die alten Plätze einzunehmen. Sie werden dann durch die Lavafelder zum Höhepunkt unseres Ausfluges, zum Feuersee Halemaumau, gefahren. Sollte jemand seinem Leben durch einen Sprung in den Krater ein Ende machen wollen, so möge er vorher die Trinkgelder für den Fahrer und den Reiseleiter im Gepäcknetz deponieren.«

Der alberne Witz wurde ausgiebig belacht. Callahan tätschelte Rosys nackte Arme und ließ, als er sich verabschiedete, seine linke Hand wie zufällig auf Grace's Oberschenkel ruhen. »Ich hoffe, ich treffe euch Süßen noch einmal in Honolulu. – Wiedersehen, mein Freund!« Er winkte Phil zu. »Sie ahnen nicht, wie ich Sie beneide.«

Er verließ den Speisesaal. Phil sah ihm nach. »Entschuldigt mich für ein paar Minuten!«

Er ging Callahan nach. Gedeckt von einem Zeitungsstand sah er, wie der riesige Mann den Vorplatz überquerte. Phil dachte, er würde zum Bus gehen, aber er ging an dem aufgefahrenen Geschwader der Busse vorbei, verließ den Parkplatz und verschwand zwischen den Palmen, die die Auffahrt säumten. Bevor er den Platz verließ, blickte er sich um. Phil stand schon in der Deckung eines Hibiskusstrauches.

Er pirschte sich näher heran und entdeckte einen geschlossenen Ford-Transporter, der in einer kleinen Lichtung stand, gut gedeckt gegen Sicht von der Straße.

Callahan machte sich an dem Wagen zu schaffen. Er öffnete den Schlag an der Fahrerseite. Der schwere Mann rückte sich hinter dem Steuer zurecht, verstellte den Sitz und startete den Motor. Phil erkannte an seinen unsicheren Hantierungen, daß er das Auto noch nicht gefahren hatte. Aber es gelang ihm, den Wagen in Gang zu bringen. Er wendete ihn, fuhr aus der Lichtung auf die Straße. Er bog in die Abzweigung ein, die mit einem Wegweiser beschildert war: Zum Halemaumau-See und zum Vulkan Mauna-Loa.«

Phil fluchte leise vor sich hin. Es gab eine Menge harmloser Erklärungen für die Vorausfahrt des Schriftstellers. Vielleicht mußte die Besichtigung des Vulkansees tatsächlich organisiert werden. Trotzdem gefielen Phil ein paar Dinge nicht: die doppelte Begegnung mit den Leuten im Cadillac; die Tatsache, daß einer der Insassen ein Gorilla Galinas' war, und die Heimlichkeit, mit der Callahan sich zu dem Wagen gestohlen hatte, der außerdem in einem Versteck gestanden hatte.

Phil ging zum Hotel zurück. Er überdachte seine nächsten Schritte. Jerry hatte mit ihm vereinbart, daß er zu der Villa kommen sollte, falls sie sich nicht am Hotel trafen. Er würde sich also jetzt von Rosy und Grace absetzen, aber dazu brauchte er einen Wagen. Vier, fünf Taxis standen vor dem Hotel.

Er fragte den ersten Fahrer, erhielt aber die Antwort, daß der Mann von Gästen des Hotels vorgebucht war. Während Phil mit dem zweiten Fahrer verhandelte, trat ein Neger auf ihn zu. »Entschuldigung, Sir! Sind Sie Mr. Decker?« Phil bejahte. »Sie sollen zur King-Alfred-Villa kommen, aber Sie sollen vorsichtig sein.«

»Wer sagt das?«

»Ich kenne seinen Namen nicht. Die anderen nennen ihn G-man.«

»Welche anderen?«

»Eine Frau und drei Männer. Sie kamen in die Villa und suchten nach einem Mädchen und Geld. Dann kam der G-man. Es wurde geschossen, aber er entwaffnete sie.«

»Danke!« Phil erklärte dem Fahrer. »Ich brauche deinen Wagen. Dreißig Dollar!«

»Ich habe schon Gäste! Sie essen im Hotel, und sie befahlen mir zu warten.«

»Fünfzig Dollar!« Phil zückte den Schein und drückte ihn dem Fahrer in die Hand. »Und jetzt, mein Junge, steig aus!«

Ich hörte den Wagen, bevor ich ihn sah. Dann tauchte er auf, eine schwere, blaue Cadillac-Limousine. Neben dem Mercury der Gangster wurde sie kurz gestoppt, rollte weiter und blieb endgültig vor dem Eingang stehen.

Zwei Männer stiegen aus: Jack Galinas und sein Gorilla Stan Kovalek. Der Schläger hielt eine schwere Pistole in der Hand. Galinas hatte eine Hand in den Ausschnitt seiner Jacke geschoben. Er macht einen nervösen, verkrampften Eindruck.

Ich huschte vom Fenster zur Tür. In meinem Blickfeld hatte ich Helen Haddican, die noch immer im selben Sessel saß, und Art Ranger, der vor dem Schreibtisch stand. Burton Smith hockte stumpf auf einem Stuhl. Als Galinas und Kovalek in die Halle kamen, stand Helen Haddican mit einem Ruck auf. In dieser Nacht war sie um Jahre gealtert.

»Wo ist Cynthia?«

»Immer der Reihe nach, Helen!« Er sah Art Ranger an. »Du bist der Boß? Wo ist dein dritter Mann?«

»Ich habe ihn abgezweigt für den Fall, daß du nicht fair spielst!«

»Unsinn! Fünfhunderttausend Dollar für dich und deinen Verein, wenn ihr euch aus der Auseinandersetzung zwischen Helen und mir raushaltet.«

»Wo und wann wird gezahlt?«

»In New York, in Raten.« Helen Haddican drängte sich vor. Jetzt stand sie neben Ranger und unmittelbar vor Galinas.

»Ich will Cynthia sehen.«

»Cynthia sitzt im Laderaum eines Transporters. Sagen Sie uns, wo die Dollars sind, und Sie können Ihre Tochter mit dem Wagen übernehmen!«

»In der Maschine, mit der ich geflogen bin.«

»Ich habe nichts davon gesehen«, warf Ranger ein.

»Im Stauraum für das Gepäck!«

»Ich hoffe, Sie sagen die Wahrheit, Helen.«

»Ja, es ist die Wahrheit! Bringen Sie mich jetzt zu Cynthia?«

»Selbstverständlich. Es erledigt sich alles wie von selbst. Sie werden Cynthia sehen. Dann fahren wir alle zum Flughafen. Sie, Helen, werden Stan und mich nach Honolulu zurückfliegen. Für Mr. Ranger und seine Freunde organisiert der ›Haddican Service‹ einen Touristenaufenthalt auf den Inseln und einen Rückflug in die USA. – Bist du einverstanden?« Die letzte Frage richtete er an Ranger.

»Einverstanden.« Er wandte mir den Rücken zu, und ich konnte sein Gesicht nicht sehen. Auf irgendeine Weise gab er Galinas zu verstehen, daß etwas nicht in Ordnung war, denn von dessen Gesicht verschwand das zufriedene Lächeln.

»Einverstanden«, schrie Ranger noch einmal, »wenn es uns gelingt, den verdammten G-man zu erledigen.« Er packte Helen Haddican und riß sie herum, so daß ihr Körper ihn deckte. »Gebt mir 'ne Kanone!« brüllte er. »Schnell!«

Kovalek feuerte schon. Seine Pistole hatte ein so schweres Kaliber, daß die Kugeln die Türfüllung durchschlugen. Ich sprang zur Seite, stieß die Tür mit dem Fuß auf und zog durch. Ich jagte die Serie gegen die Decke, um Helen Haddican nicht zu gefährden. Kovalek ließ sich nicht beeindrucken. Seine nächste Kugel ging so dicht an meinem Kopf vorbei, daß ich sie pfeifen hörte. Ich sah, wie Ranger die Frau zum Ausgang schleifte. Galinas hielt sich so dicht neben ihm, daß ich auf ihn nicht schießen konnte.

Ich nahm den Lauf der MPi für die nächste Garbe herunter und ging selbst in die Knie. Zwei Fuß über dem Boden streuten die Kugeln durch den Raum. Ein oder zwei von ihnen erwischten Burton Smith, der in diesem Augenblick versuchte, seinem Chef zu folgen. Er schrie auf, fiel und überschlug sich; aber meine Kugeln verhinderten nicht, daß Ranger mit Helen Haddican und Galinas den Ausgang erreichten.

Ich hetzte in langen Sprüngen quer durch den Raum zum Fenster. Wieder krachte die schwere Pistole in Kovaleks Hand. Ich riß das Fenster auf, entriegelte den Laden und stieß die Flügel nach draußen. Ranger zerrte die Frau brutal in den Wagen. Galinas ging noch einmal hinter der schon offenen Fahrertür in Deckung und feuerte.

Ich zielte auf den rechten Vorderreifen. Genau noch zwei Kugeln spuckte die Maschinenpistole aus. Dann klemmte die Hülse der letzten Patrone. Ich ließ die Waffe fallen. Mit schnellem Griff zog ich den 38er aus der Halfter.

Galinas schob sich hinter das Steuer und startete den Wagen. In diesen Sekunden hatte Kovalek die Stellung so gewechselt, daß er durch die offene Tür auf mich feuern konnte. Ich mußte mich fallen lassen und aus der Schußlinie rollen. Mit drei Kugeln aus dem 38er trieb ich ihn in die Dekkung zurück. Als ich zum zweiten Mal zum Fenster sprang, hatte der Cadillac den Mercury der Gangster schon passiert. Es war sinnlos, noch zu schießen.

Ich flankte aus dem Fenster und rannte zur Garage.

Kovalek war ein harter Bursche. Er gab noch nicht auf. Er tauchte im Eingang auf. Wieder schoß er so genau, daß er mich in Deckung zwang. Ich feuerte zurück, und er ging hinter den Säulen, die das Vordach trugen, in Deckung.

Für Minuten blockierten wir uns gegenseitig. Er schoß zweimal, als er glaubte, eine Blöße gesehen zu haben; ich schickte ihm eine Kugel in der gleichen Meinung. Er fetzte Rinde von der Palme. Ich schrammte einen langen Streifen in den Verputz der Säule. Ich lud die Trommel des 38ers nach. Ich konnte es mir nicht leisten, mich von Kovalek hier festnageln zu lassen und mit ihm Katz und Maus zu spielen. Der Henker mochte wissen, was Galinas und Ranger in der Zwischenzeit mit Helen Haddican und ihrer Tochter machten. Ich mußte beide stoppen, bevor noch mehr Unheil geschah.

Ich duckte mich, pumpte die Lungen voll Luft und zischte

hinter meiner Deckung hervor. Ich rannte in langen Sätzen auf die Garage zu, schlug einen Haken, warf mich herum und blieb, beide Beine gegrätscht, stehen.

Kovalek hatte genau so reagiert, wie ich erwartet hatte. Er hatte seine Deckung verlassen, um sicher zielen zu können, und so standen wir uns deckungslos auf zwanzig Yard gegenüber. Mein 38er bellte einen Sekundenbruchteil früher als seine Pistole. Ich zog viermal durch, und ich traf ihn mit mindestens zwei Kugeln. Er schrammte mich an. Ich spürte einen glühenden Peitschenhieb am linken Oberarm.

Kovalek griff nach der Säule, verfehlte sie und fiel mit der Schulter dagegen. Dann rutschte er daran entlang.

Ich ging zu ihm hinüber. Es lag auf dem Rücken, aber er war nicht tot. Alle Treffer hatten seine rechte Körperhälfte erwischt, die Schulter, den Oberarm und den Oberschenkel. Ich nahm die Waffe auf. Es war eine 40er Harris-Armeepistole, der Waffentyp, aus dem in New York vor dem Haddicanschen Lagerhaus auf mich geschossen worden war.

Ich eilte ins Haus. Burton Smith lag auf der Erde und wimmerte. »Meine Knie sind zerschossen! G-man, ich brauche 'nen Arzt!«

Das Telefon stand auf dem Tisch. Ich wählte die Nummer des Amtes. Eine Mädchenstimme meldete sich.

»Alarmieren Sie die Polizei in Hilo«, sagte ich. »Sie soll Beamte und eine Ambulanz zur King-Alfred-Villa schicken. Ich hoffe, irgendwer weiß, wo sie liegt.«

Ich hieb den Hörer in die Gabel und rannte aus dem Haus. Der Oldsmobil stand startbereit in der Garage. In Sekundenschnelle brachte ich ihn in Gang, aber ich fürchtete, daß alle Schnelligkeit nicht mehr genügte, die Zeit aufzuholen.

Phil fuhr langsam. Sein Wagen war ein ältlicher Chevrolet, und Phil wußte nicht, wieviel die Achsen noch vertrugen.

Die Straße war kaum breiter als der Radstand. Sie zog sich in engen Kurven durch die schwarzgrauen Lavafelder früherer Ausbrüche des Vulkans. Die Luft roch schweflig. Von Zeit zu Zeit lösten sich Steine und polterten, Staubfahnen hinter sich herziehend, zu Tal. Phil beugte sich weit über das Steuer und bemühte sich, soviel wie möglich von der Straße zu überblicken. Da sich die Trasse in Haarnadelkurven an der Flanke des Vulkans hochschraubte, konnte er immer wieder Teile sehen, zu denen die Entfernung in der Luftlinie geringer war als entlang der Straße.

Als er den Ford-Transporter sah, dreihundert Yard voraus und dreißig oder vierzig Yard höher, trat er hart auf die Bremse. Er wechselte blitzschnell in den Rückwärtsgang und setzte den Wagen um die nächste Kurve zurück. Er stieg aus, öffnete die Flugtasche und entnahm ihr seinen 38er und eine Handvoll Patronen. Er schob die Waffe in den Hosenbund unter sein buntes Waikiki-Hemd. Er ging so weit vor, daß er den Transporter wieder sehen konnte. Nichts rührte sich an dem Fahrzeug. Da Phil tiefer stand als das Auto, konnte er nicht in den Fahrerraum blicken.

Wenn er ungesehen an den Wagen herankommen wollte, durfte er nicht auf der Straße bleiben, sondern mußte den Weg quer über das Lavafeld nehmen. Mit den Augen suchte Phil die Strecke ab, die mit großen Blöcken, die ausreichend Deckung boten, übersät waren. Er überquerte die Straße und hetzte in drei, vier Sprüngen hinter den ersten Block. Als er sich niederkniete und mit den Händen aufstützte, zerschrammte er sich die Finger.

Yard um Yard kämpfte er sich auf den Transporter zu. Ein schmaler Einschnitt von sechs oder sieben Fuß Tiefe erlaubte es ihm, bis auf zwanzig Yard heranzukommen. Als er das Ende dieser Schlucht erreicht hatte und den Kopf aus der Deckung nahm, sah er, daß aus den offenen Fenstern des Fahrerhauses der blaue Rauch einer Zigarre wölkte.

Er wußte, daß das Risiko, entdeckt zu werden, mit jedem Schritt zunahm. Noch hielt er nach der nächsten Deckung Ausschau, als auf der von ihm abgewandten Seite des Transporters jemand ausstieg und um den Wagen herumkam. Phil preßte den Kopf nach unten in den Staub, um nicht gesehen zu werden. Dann hörte er den Mann sprechen. Phil wagte es, sich ein wenig aufzurichten. Der Mann hatte die hintere Ladetür des Transporters geöffnet. »Verdammt heiß bei Ihnen«, sagte er. »Tut mir wirklich leid, daß Sie so leiden müssen, aber ich denke, es wird nicht mehr lange dauern.«

Phil sah unter dem Rand der Tür die überdimensionalen Füße und die weiten, verbeulten Hosen des Schriftstellers. Als er den Oberkörper aus dem Laderaum zurückzog und sich aufrichtete, erschien sein graumähniger Schädel über dem oberen Rand. »Glauben Sie mir, ich hielt es für überflüssig, Sie so zu behandeln«, fuhr er fort. »Sie haben von Anfang an so brav mitgespielt, daß Sie sicherlich auch zum Schluß nicht noch ausgebrochen wären. Aber seit sich der G-man auf den Inseln herumtreibt, fürchtet sich Jack vor jedermann, sogar vor einem hübschen Mädchen.«

Phil tastete unter dem Hemd nach dem Griff des 38ers, und als er ihn zwischen den Fingern spürte, zog er die Kanone zollweise. Er brachte sie in Anschlag und entsicherte sie.

»Selbstverständlich gebe ich zu, daß ich in New York auch nicht gerade sanft mit Ihnen umgesprungen bin, aber dort war es notwendig, weil Sie nicht Bescheid wußten.« Er lachte.

»Wie entsetzt Sie in New York waren, als der dicke, gemütliche Robbie Callahan in Ihr Schlafzimmer platzte und den bösen Gangster spielte. Na ja, genau betrachtet, war es kein Spiel, sondern durchaus Ernst.« Er lachte noch einmal, und jetzt war es ein dreckiges, gemeines Lachen. »Seit jener Nacht weiß ich erst richtig, wie verdammt schön Sie sind.«

Schließ die Tür, dachte Phil. Komm raus aus der Deckung, du Whiskyfreund, und ich werde mich mit dir unterhalten, daß dir Hören und Sehen vergeht.

Callahan rührte sich nicht vom Fleck. Er warf den Stummel seiner Zigarre in hohem Bogen hinter sich, und er beharrte auf dem Thema der nächtlichen Begegnung in New York.

»Trotzdem müssen Sie zugeben, daß ich mich damals wie ein Gentleman benommen habe. Ich habe Sie nur festgehalten, bis ich Ihnen klargemacht hatte, warum wir gekommen waren. Dann ließ ich Sie los, und verdammt, ich tat es nicht gern. Ihre Haut fühlte sich an wie kühle Seide. Genau wie kühle Seide! Sie sehen, hin und wieder fallen mir noch Formulierungen ein, die eines Schriftstellers würdig sind.«

Er veränderte seine Haltung. Sein Kopf verschwand. Seine Füße blieben sichtbar, veränderte aber die Richtung, und der Transporter bewegte sich. Anscheinend setzte sich Callahan auf den Rand des Laderaumes.

»Ich habe nicht vergessen, wie Sie in jener Nacht aussahen. Ich konnte ja nicht sicher sein, daß Sie Ihr Versprechen halten würden. Ich durfte Sie nicht aus den Augen lassen, und ich weiß noch genau, wie Sie aus Ihrem Nachthemd in Ihr Kleid umstiegen.« Er sprach schneller, und Phil konnte seinen heftigen Atem spüren. »Verdammt, wenn Sie eines der Girls in Galinas' Club wären, ich könnte mir Ihretwegen das Trinken abgewöhnen. Sie sollten sich nicht so abweisend zeigen. Noch sind Sie völlig in meiner Hand, und ich kann mit Ihnen machen, was ich will. Hör zu, mein Mädchen! Sei ein wenig lieb zu mir! Ich möchte dich zum Abschied . . .«

Phil hörte einen halberstickten Schrei. Irgend etwas geschah in dem Wagen, denn der Transporter ächzte unter seinem Gewicht in den Federn.

In langen Sätzen hetzte Phil zur Straße hoch. Als er den Wagen erreichte, sah er den Schriftsteller, der über einem Mädchen kniete, das auf dem Boden des Laderaumes lag. Callahan ging rauh mit seinem unglücklichen Opfer um, das sich kaum wehren konnte, denn die Hände waren mit Handschellen aneinandergekettet. Der schwere Mann drückte das Girl mit dem Gewicht seines Körpers nieder. Er versuchte, seine Lippen auf den Mund des Mädchen zu pressen, und seine großen Hände umspannten ihre Brust.

»Kommen Sie raus, Callahan!« befahl Phil. Der andere erstarrte. Phil packte einen Fuß und zerrte Whisky-Robbie von seinem Opfer ab. »Raus, sage ich!« schrie Phil.

Callahan richtete sich auf. Phil ließ los. Der Schriftsteller saß jetzt wieder auf der Kante des Laderaumes. Aus weit aufgerissenen, blutunterlaufenen Augen starrte er Phil mit einem Ausdruck an, als wäre er unfähig zu begreifen, daß ein Fremder mit einem Revolver in der Hand vor ihm stand.

»Stehen Sie auf! Ich verhafte Sie unter dem Verdacht der Beteilung an der Entführung eines Menschen und anderer Verbrechen.«

Noch sitzend versuchte Callahan seine Pistole aus der Innentasche seiner Jacke zu ziehen. Er war leidlich schnell; aber als er die Kanone in der Hand hielt, trat Phil hart und genau zu. Er traf das Handgelenk. Die Waffe, eine schwere Harris-Pistole, flog in weitem Bogen in die Lava-Asche.

Phil wechselte blitzschnell den 38er in die linke Hand hinüber. Dann ging er mit einem rechten Haken in Callahan hinein. Der Brocken explodierte mit furchtbarer Wucht an dessen Kinn. Er kippte nach hinten. Sein schwerer Oberkörper schlug so wuchtig auf dem Laderaum auf, daß die Federn des Tranporters in die Knie gingen.

Phil stieg über ihn hinweg und kniete neben dem Mädchen nieder. »Sie sind Cynthia Haddican, nicht wahr?«

Sie trug ein weißes Jackenkleid, sofern man es noch als weiß bezeichnen konnte. Der schmutzige Boden des Transporters, Callahans Pfoten und irgendwelche Öllachen, in deren Nähe sie geraten sein mußte, hatten ihre Spuren darauf hinterlassen. Ihre Hände waren durch Handschellen aneinandergekettet. Auf dem Boden lagen die Reste eines Knebels und ein Seil, mit dem ihr Füße zusammengebunden gewesen waren.

Phil richtete sie auf. Cynthia ließ den Kopf gegen seine Schulter fallen. Das blonde Haar verdeckte ihr Gesicht. »Bringen Sie mich fort! Bitte!« flüsterte sie erschöpft.

»Hat er den Schlüssel zu den Handschellen?«

»Ich glaube nicht. Galinas hat mich gefesselt.«

Phil stand auf, lehnte Cynthia vorsichtig gegen die Wand und packte den bewußtlosen Callahan unter den Achseln und zog ihn voll in den Laderaum. Er durchsuchte seine Taschen, fand aber nur ein Reservemagazin für die Harris-Pistole und Glassplitter einer zerbrochenen und ausgelaufenen Whiskyflasche. Er wälzte den Mann auf das Gesicht und band mit dem Seil seine Hände zusammen. Dann half er Cynthia ins Freie, schlug die Tür des Laderaumes zu und verriegelte sie.

Er ging um den Wagen herum und sah sich die Straße an,

die an dieser Stelle so schmal war, daß es unmöglich gewesen wäre, den Transporter zu wenden. Cynthia kam zu ihm.

»Gar nicht einfach, hier wegzukommen«, sagte Phil lächelnd. »Wir müssen vor- oder zurückfahren, bis wir eine etwas breitere Stelle finden, aber wer weiß, ob diese Straße überhaupt eine breitere Stelle besitzt. – Ach, verdammt, an meinem Wagen, der ein paar hundert Yard weiter unten steht, kommen wir auch nicht vorbei.«

»Wissen Sie, wo meine Mutter ist?« fragte Cynthia.

»Ich sah sie gestern, aber seitdem ist 'ne verdammt lange Zeit vergangen, wenn es auch nur ein paar Stunden zu sein scheinen.« Er führte sie zur Beifahrertür. »Steigen Sie ein!« Plötzlich warf er den Kopf hoch. »Warten Sie noch!« Er lauschte. »Ein Wagen kommt von oben!«

Mit dem gefesselten Mädchen konnte er kein Risiko eingehen. Eine Flucht mit dem Transporter wäre spätestens an dem Chevrolet-Taxi zu Ende gewesen. Natürlich hoffte Phil, daß es Jerry wäre, der von der Villa kam. Trotzdem entschied er sich zur Vorsicht. »Besser, ich trage Sie. Sie sind nicht in Form für Kletterpartien. Legen Sie die Arme um meinen Hals! Sehen Sie; es geht trotz der Handschellen.« Mit dem Mädchen auf den Armen turnte er das Lavafeld hinunter. Er legte knapp zweihundert Yard zwischen sich und dem Transporter zurück. Zwischen zwei großen Blöcken ließ er das Mädchen auf die Erde gleiten. Er spähte hinter dem Block hervor, und er sah die Staubfahne, die der Wagen hinter sich herzog.

Dann kam der Wagen selbst in Phils Blickfeld. Zum dritten Mal sah er die blaue Cadillac-Limousine. Hart wurde der Wagen vor dem Transporter gestoppt. Zwei Männer sprangen heraus. Eine Frau in einem Kleid folgte.

»Mamie!« schrie Cynthia Haddican auf. Sie riß die gefesselten Hände hoch. »Mamie!«

Phil warf sich gegen das Mädchen und riß es nach unten. »Sind Sie verrückt geworden?« schnauzte er sie an. »Halten Sie den Mund!«

»Cynthia!« rief oben Helen. »Cynthia, wo bist du?«

Die Gangster verständigten sich mit zwei Worten. Ranger

packte Helen Haddican und stieß sie in den Cadillac zurück. Galinas löste die Bremse des Transporters. Ein leichter Druck reichte aus, und der Wagen begann auf der abschüssigen Straße rückwärts zu rollen. Eine leichte Bewegung am Steuerrad genügte. Er rollte über den unbefestigten Rand der Trasse hinaus. Sein Heck rutschte ab. Er gewann an Geschwindigkeit, machte zwei, drei Sprünge, die immer größer wurden, aber noch kam er bei jedem Satz mit den Rädern auf. Bei jedem Aufschlag spritzten Steine und Asche nach allen Seiten. Die Türen flogen auf, auch die Ladetür. Wie eine übergroße Schaufensterpuppe flog Robert Callahan mit um sich schlagenden Armen und Beinen heraus; sein Körper knallte auf das Gestein und wurde im nächsten Augenblick von dem jetzt umstürzenden Wagen begraben. In einer riesigen Wolke von Feuer, Staub und Asche explodierte der Transporter. Oben setzte sich der Cadillac wieder in Bewegung. Sekunden später verschwand er hinter der nächsten Kurve.

Phil legte einen Arm um das weinende Mädchen. »Ich hoffe, Sie werden Ihre Mutter bald wiedersehen.«

Ein zweiter Wagen, ein roter Oldsmobil, kam in halsbrecherischem Tempo die Trasse herunter. Er schleuderte in der Kurve. Als der Fahrer die Feuerwolke des brennenden Transporters sah, stieg er hart in die Bremse. Als er aus dem Wagen sprang, erkannte ihn Phil . . .

Ich sah das Feuer und stieg in die Bremse. Der Wagen, der dort unten brannte, mußte erst vor Minuten explodiert sein. Ich sprang aus dem Oldsmobil. Der brennende Wagen lag mindestens dreihundert Yard tiefer. Noch loderten die Flammen so hoch, daß ich die Umrisse nicht erkennen und den Typ nicht identifizieren konnte. Unten im Lavafeld tauchte ein Mann auf. Er trug ein buntes Waikiki-Hemd. Er winkte und rief: »Jerry! He, Jerry!« Er war Phil.

Wir trafen uns auf halbem Wege. »Cynthia Haddican?« fragte ich.

»Alles in Ordnung! Sie ist dort unten.«

»Welcher Wagen brennt dort?«

»Ein Transporter. Sie stießen ihn von der Straße. Callahan war darin! Übrigens muß sich das Schauspiel gleich wiederholen.« Wie auf das Stichwort tanzte eine halbe Meile weiter unten ein Wagen in grotesken Sprüngen das Lavafeld hinunter, überschlug sich, stand eine Sekunde lang auf dem Heck und krachte auf das Dach. Aber er explodierte nicht, sondern blieb, von einem schweren Basaltblock gestoppt, mit den rollenden Rädern in der Luft liegen.

»Das kostet die Spesenabteilung des FBI den Gegenwert eines Chevrolet-Modells 1963«, sagte Phil.

»Wir dürfen keine Zeit verlieren. Helen Haddican hat ein langes Sündenregister. Als sie aussteigen wollte, wurde sie gewaltsam von Galinas und Ranger entführt.«

Wir halfen Cynthia zur Straße zurück und in den Fond des Oldsmobils. Ich gab Gas. Wir erreichten die betonierte Straße, die hinauf zum Halemaumau-Vulkansee und hinunter nach Hilo führte. Ich steuerte den Wagen die Straße hinunter. Mit kreischenden Rädern jagte ich ihn durch die Kurven. »Wenn wir sie erreichen, müssen wir Abstand halten.« rief ich Phil zu. »Wir dürfen das Mädchen nicht gefährden.«

Mit heulender Sirene kam uns ein Jeep der State Police entgegen, gefolgt von einer Ambulanz, deren Alarmklingel schrillte. Ich blendete die Scheinwerfer auf und hieb auf die Hupe. Der Fahrer des Jeeps nahm den Fuß vom Gas, und auch ich stieg in die Bremse. Ungefähr auf gleicher Höhe kamen die Fahrzeuge zum Stehen. Der Chef der Jeep-Besatzung kam zu unserem Wagen. »Wer sind Sie?« fragte er.

»Cotton und Decker vom FBI New York. Ist Ihnen ein blauer Cadillac begegnet?« Er schüttelte den Kopf. Phil und ich wechselten einen Blick.

»Sind Sie sicher, Sergeant?«

»Völlig sicher, Sir.«

»Gibt es weiter unten eine Kreuzung?«

»Die nächste Kreuzung liegt vierzehn Meilen hinter uns.«

»Danke, Sergeant! Bitte, übernehmen Sie die junge Lady in die Ambulanz.«

»Mr. Cotton, meine Mutter . . .«

»Wir werden uns um Ihre Mutter kümmern, Cynthia, aber wir können ohne Sie im Wagen energischer vorgehen.«

Der Sergeant registrierte Cynthias Handschellen mit einem Hochziehen der Augenbrauen. »Behandeln Sie sie trotzdem nett!« rief Phil ihm zu, während ich den Wagen schon in einer engen Kurve wendete. »Sie ist ein relativ unschuldiges Mädchen.«

Mit Vollgas jagte ich den Weg zurück. »Sie haben damit gerechnet, daß wir die Polizei alarmieren!« sagte ich. »Sie versuchen es über den anderen Weg. Wahrscheinlich werden sie alles daransetzen, den Wagen zu wechseln.«

»Am Ende stehlen sie noch einen der Touristenbusse.« Wir rasten an den großen Schildern vorbei, die die Aufschrift trugen: »Besuchen Sie Halemaumau, den Feuersee am Kilauea-Vulkan!« Die Straße führte jetzt in einer starken Steigung bergauf. Ich mußte das Getriebe herunterschalten. Wieder änderte die Landschaft ihren Charakter. Wir tauchten in ein fast urwaldhaft bewachsenes Gebiet ein, das von der Straße wie von einem Dschungelpfad durchschnitten wurde. Dann endete der Dschungel. Die Straße verlief nun fast eben vorbei an langen Reihen hochgetürmter Basaltsäulen und endete auf einem großen, mit Bussen vollgestopften Parkplatz. Unmittelbar vor uns lag der stumpfe Kegel des Vulkans. Weiße und graue Rauchwolken trieben gegen den blauen Himmel. Ein an- und abschwellendes Grollen und Poltern erfüllte die Luft. Die Wärme schien sprunghaft angestiegen zu sein.

Ich nahm das Gas weg und fuhr in gedrosseltem Tempo an der Reihe der aufgefahrenen Busse entlang. Die bunte Menge der Touristen, mindestens drei- oder vierhundert Personen, bevölkerte den Vulkankegel wie Ameisen. Über ein halbes Dutzend Lautsprecher erscholl in regelmäßigen Abständen, offenbar von einem Band, die Durchsage einer Frauenstimme: »Wir bitten unsere Besucher, auf keinen Fall die Absperrung zu überschreiten. Das Betreten des Gebietes jenseits der Absperrung ist mit Lebensgefahr verbunden.«

»Der Cadillac!« rief Phil. »Dort!« Der Wagen stand am

äußersten Rand des Parkplatzes. Ich stoppte hart neben ihm. Wir sprangen heraus. Der Wagen war verlassen.

»Versuchen wir es dort drüben!« schlug Phil vor. Zwischen dem Busplatz und dem Krater war ein kleiner Platz für Taxis und Privatwagen angelegt. Wir rannten hinüber.

Dann sahen wir sie. Galinas und Helen Haddican warteten am Heck eines Taxis, während Ranger vor dem Fahrer stand, der ausgestiegen war. Der Mann, fuchtelte mit den Händen. Plötzlich schlug Ranger kurz und hart zu. Er traf den Kopf des Fahrers; der Eingeborene brach zusammen.

Ranger fing den Mann auf und schleuderte ihn brutal zur Seite. Ich feuerte in die Luft. Die Gangster erstarrten für eine Sekunde. Dann wollte Ranger sich hinter das Steuer werfen. Phil und ich feuerten gleichzeitig und zerbliesen die Windschutzscheibe des Taxis. Galinas versuchte, Helen mit sich zu zerren. Sie sträubte sich. Gedeckt von den Wagen, arbeiteten Phil und ich uns näher heran. Ranger schoß zweimal. Galinas schlug mit einem Fausthieb die Frau nieder, warf sich herum und floh. Ranger folgte ihm. Phil und ich verständigten uns mit zwei Worten. Er rannte nach rechts, um den Ganoven den Weg zur Straße abzuschneiden. Ich lief auf Helen Haddican zu. Ranger tauchte hinter der Kühlerhaube eines Buicks auf und feuerte. Es sah aus, als zielte er auf die Frau, die sich gerade aufrichtete. Ich zwang ihn mit zwei Kugeln in Dekkung, erreichte Helen und kniete neben ihr nieder.

»Sind Sie okay, Mrs. Haddican?«

Sie wischte mit dem Handrücken über den Mund. Unter Galinas' Fausthieb war die Unterlippe aufgeplatzt. »Ja, es ist nichts«, stammelte sie.

»Bleiben Sie hier! Warten Sie, bis wir zurückkommen.«

»Cynthia?«

»Ihre Tochter ist völlig in Ordnung, Mrs. Haddican! Wir haben sie rausgeholt!« Ich sprang auf. Von rechts, wo Phil stand, bellte sein 38er. Sekunden später sah ich Galinas und Ranger auf den Krater zulaufen.

Niemand hatte bisher von der Schießerei Notiz genommen. Wahrscheinlich gingen für die meisten Leute die Schüsse im

Dröhnen der nahezu ununterbrochenen Lautsprecherdurchsagen unter. Wer die Knallerei gehört hatte, mochte das Geräusch mit dem Vulkan in Zusammenhang bringen.

Zum Krater führten einige Treppenpfade von knapp hundert Yard Länge empor. Ummittelbar am Rand war ein Weg von vier oder fünf Fuß Breite angelegt, der nach der offenen Seite durch ein brusthohes Geländer abgeschirmt war. Dieser Weg führte um die gesamte kreisrunde Krateröffnung. Auf ihm drängten sich einige hundert Touristen, zwischen denen Galinas und Ranger verschwanden.

Ich pfiff gellend auf zwei Fingern. Phil kam im Spurttempo von der Straße zurück. »Sie sind zum Krater gelaufen«, erklärte ich. »Wir können sie einkreisen!«

An Touristen vorbei zwängten wir uns die Treppenpfade hoch. Als wir den Weg erreicht hatten, ging Phil nach links, ich nach rechts. Der Weg war verstopft von Menschen, die nach einem guten Platz für einen Blick in das Innere des Kraters suchten und ihn, wenn sie ihn gefunden hatten, gegen andere verteidigten. Bis zum Niveau der feuerflüssigen Lava verengte sich der Trichter des Vulkans fast tausend Fuß tiefer zu einer Öffnung, aus der unter dem Druck des Magma glühende Massen aufstiegen bis zu einer Höhe von drei- oder vierhundert Fuß und in einem Feuerregen zurückfielen in den Höllenschlund. Qualmwolken brachen aus den Flanken des Kraters, zogen in dicken Schwaden über die Öffnung und verdeckten immer wieder den Blick auf die Glut, der außerdem durch überhängende, erkaltete Lava und ausgeworfene Aschebrocken versperrt wurde.

Die Luft schmeckte schweflig und war von feinem Aschestaub erfüllt. Wie aus einem Schalltrichter hallte aus der Tiefe des Kraters Grollen und Poltern, als kündigte sich ein neuer Ausbruch an.

Ich verlor Phil aus den Augen, prallte mit einer dicken Lady zusammen, schob vier singende Männer, die an das falsche Getränk geraten waren und nun den Weg blockierten, auseinander und zwängte mich an einer halben Klasse mittelwestlicher Collegegirls vorbei. Erst als ich die Hälfte des Kraters umrundet hatte, sah ich einen der Gangster wieder. Der Krater bildete an dieser Stelle einen spitzen Ausläufer, ungefähr wie der Schnabel einer Kanne. Ich entdeckte Galinas in der zweiten Reihe der Touristen, und auch er kämpfte sich vorwärts. Mit aller Gewalt drängte ich mich in die vorderste Reihe. Ich wollte wissen, wo sich Ranger befand, bevor ich Galinas angriff. Es durfte in dieser Menschenmege keinesfalls zu einer Schießerei kommen.

Ich sah Ranger nicht, aber ich verlor Galinas nicht aus dem Blick. Er war stehengeblieben und sah sich um. Ich konnte nur sein Gesicht sehen, das einen Audruck verzweifelter Wut zeigte. »G-man!« rief eine Mädchenstimme. »He, G-man! Wir sind hier!« Drüben, auf der anderen Seite des Ausläufers, keine zehn Schritte von Galinas entfernt, aber in der ersten Reihe, winkte eine weißblonde Gestalt in knappen Shorts und einer blau-grünen, ärmellosen Bluse. Sie war allein. Ihre Schwester konnte ich nicht entdecken. Sie legte beide Hände an den Mund und schrie gegen die Lautsprecher und das Grollen des Vulkans an: »Kommen Sie zu uns, G-man!«

»Halt den Mund, kleine Grace oder kleine Rosy«, murmelte ich. Ich sah, wie Galinas den Kopf hochwarf, als er das Rufen des Mädchens hörte. Über den Abgrund des Ausläufers hinweg trafen sich unsere Blicke. Er erkannte, daß ich ihm so nah war, daß er nicht mehr entkommen konnte. Er drehte sich um und drängte sich an den Leuten vorbei auf das noch immer winkende Douglas-Girl zu.

Ich stieß die Menschen längs des Schutzgeländers zur Seite. Ich fauchte sie an: »Machen Sie Platz!« Ich half mit Rippenstößen nach, aber ich war viel weiter von dem Mädchen entfernt als Galinas. Uns trennten zwei Seiten des Ausläufers, während er nur zehn Schritte brauchte, um sie zu erreichen. Er stand hinter ihr, als ich gerade die andere Seite erreicht hatte. Ich glaube, daß er ihr eine Waffe in den Rücken drückte, denn sie ließ die Arme sinken und blickte sich erschrocken um. Er beugte den Kopf und zischte ihr ein paar Worte ins Ohr. Dann sah er zu mir herüber. Seine linke Hand packte ihren Arm, um sie mit sich zu ziehen.

Sie spielte nicht mit. Sie riß sich los und versuchte zu fliehen. Er griff in ihre weißblonde Haarmähne, zerrte ihren Kopf in den Nacken und hielt sie so zurück. Das Mädchen begann zu schreien. Rechts und links von Galinas und seinem Opfer wurden die Leute aufmerksam, hoben die Köpfe. Neben mir rief eine Frau voll leidenschaftlicher Neugier ihrem Mann zu: »Sieh drüben hin, Henry! Da ist was los!«

Galinas ließ das Haar des Mädchens los, legte blitzschnell den Arm um seine Taille, ließ sich selbst mit dem Rücken gegen das Absperrgitter fallen und zog das Mädchen wie einen Schutzschild vor sich. Ich glaube, daß er den Leuten, die herandrängten, jetzt die Mündung seiner Pistole zeigte, denn sie wichen zurück; allerdings nur zwei, drei Schritte. Die im zweiten und dritten Glied herandrängenden Neugierigen gaben der vorderen Reihe nicht mehr Raum. Ich hörte wirre Rufe. »Vorsichtig! Er hat eine Pistole! Ein Verrückter!« Das Douglas-Mädchen wehrte sich noch, schrie und schlug um sich. Unentwegt dröhnten die Lautsprecher: ». . . auf keinen Fall die Absperrung zu überschreiten . . .«

»G-man!« kreischte das Mädchen. »G-man! Hilfe!«

Die Menge keilte mich ein. Mit fast wütender Neugier drängten die Menschen gegen das Geländer. Ich versuchte es mit harten Boxhieben, aber auch sie blieben ergebnislos, denn sie trafen nur die nächsten, die ihrerseits von den hinteren Reihen nach vorne gedrückt wurden.

Drüben sah Galinas, daß auch die Pistole in seiner Hand die Leute nicht fernzuhalten vermochte. Der Halbkreis um ihn verengte sich. Er bückte sich, und er zwang das Mädchen, seiner Bewegung zu folgen.

Die Absperrung gegen den Krater bestand aus tief eingerammten Stahlpfosten, zwischen denen zwei Leitplanken festgeschraubt waren, eine in Brust-, die andere ungefähr in Kniehöhe. Die Öffnung zwischen beiden Planken war weit genug für einen Menschen. Geduckt stieg Galinas über die untere Planke und zerrte das Mädchen nach. Beide stürzten. Noch immer kämpfte das Girl. Galinas gab es nicht frei. Wieder wechselte er den Griff, packte einen Arm seines Opfers und drehte ihn brutal auf den Rücken. Auf diese Weise machte er es praktisch wehrlos. Er zog das Mädchen auf der Kraterseite mit sich, entlang an der Absperrung auf der Suche nach einer Lücke in der Mauer der Neugierigen.

Ich bückte mich und ließ mich über die untere Leitplanke gleiten. Das Gelände jenseits der Absperrung sah auf den ersten Blick nicht gefährlicher aus als diesseits. Ich hielt mich nahe an der Absperrung. Jemand schrie mich an: »Kommen Sie zurück, Mann! Es ist verboten!« Ich erreichte das Ende des Ausläufers. Der Abstand zwischen mir und Galinas mit dem Mädchen betrug sechzig, siebzig Yard. Ich hätte ihn leicht erreichen können, aber ich bewegte mich vorsichtig. Ich fürchtete die Pistole in seiner Hand, nicht meinetwegen, aber wegen des Mädchens in seiner Gewalt und wegen der Menschen jenseits der Absperrung.

Galinas wich vor der Menschenmauer weiter auf die Mitte des Kraters zu. In zehn Schritten Abstand wies der Boden lange Risse auf. Sich und das Mädchen brachte er damit in ernsthafte Gefahr. Ich wog den 38er in der Hand. By Jove, ich hasse es, auf Menschen in der Absicht zu schießen, sie zu töten. Aber ich wußte, daß ich den Mann sofort töten mußte, wenn ich das Mädchen retten wollte. Ich lauerte auf die Chance für einen sicheren Schuß. Dann geschah es. Der Boden brach unter dem Gewicht der beiden Menschen weg; er geriet in Bewegung. Wie ein Schlitten rutschte er auf der schrägen Ebene des Kraters nach unten und riß Galinas und das Mädchen mit. Sie stürzten. Die lockere Lavascholle zerbarst in Stücke, nicht anders als eine Eisscholle, die von einem Stein getroffen wird. Aschestaub wölkte hoch. Die Touristen, die Zeugen dieser Tragödie wurden, schrien auf.

Als der hundertstimmige Aufschrei der Menge erscholl, befand Phil sich am äußersten Rand der Menschenmauer. Er lief weiter nach rechts. Dann sah er Art Ranger, der die Situation ausnutzen wollte. Im Gegensatz zu allen anderen kämpfte er sich gegen die Neugierigen, die zum Krater drängten, frei und lief auf einer der Treppenpfade zurück zu den Parkplätzen. Phil schnitt ihm den Weg ab. Er rief ihn an. Ranger drehte sich um. Er hielt einen Colt in der Hand und riß die Hand hoch.

Phil traf seinen Arm, mit der zweiten Kugel seine Schulter. Kraftlos öffneten sich Rangers Finger. Der Colt entfiel ihm. Er wandte sich um, wollte weiterfliehen, stolperte und stürzte. Sich überschlagend, rollte er den Treppenpfad hinunter. Auf dem zweiten Absatz blieb er liegen. Als er aufblickte, stand Phil über ihm. Ranger wehrte sich nicht länger. Phil bückte sich, tastete ihn ab. Im Hosenbund trug Ranger eine zweite Waffe, eine Clayton-Pistole, die wie der Colt aus Galinas' Arsenal stammte.

Noch immer schrien oben am Krater die Menschen. Phil stoppte zwei Taxichauffeure, die herbeirannten.

»Paßt auf diesen Mann auf!« befahl er. Er selbst spurtete zurück, und jetzt räumte er sich mit Brachialgewalt eine Bahn frei bis zur Absperrung. Er brüllte die Leute an: »FBI! Machen Sie Platz!« Wer nicht sofort gehorchte, den drängte er mit rabiaten Schulterstößen zur Seite oder faßte ihn an der Schulter und riß ihn zurück. Er erreichte die Sperre, sah, was sich abspielte und schwang sich über die Stahlplanke.

Drei, vier Männer flankten über die Absperrung, bereit zu helfen. »Gehen Sie zurück!« brüllte ich sie an. »Das ist eine FBI-Aktion! Bleiben Sie hinter der Absperrung!«

Je mehr Menschen den brüchigen Boden des Kraters betraten, desto größer wurde die Gefahr, daß neue Erdrutsche ausgelöst wurden. Ich wartete, bis der Staub der Aschewolke sich gelegt hatte. Vorsichtig setzte ich Fuß um Fuß vor. Die Trichterwände des Kraters waren eine schiefe Ebene, die in einem Winkel von fünfundvierzig Grad oder mehr abfiel, aber auch steile, senkrechte Partien aufwies. Am Fuß eines solchen steilen Wandteils lag das Mädchen. Sie war so vom Staub bedeckt, daß sie sich kaum von ihrer Umgebung abhob.

Galinas war noch einige Dutzend Fuß tiefer gestürzt. Er lag auf dem Gesicht, und es sah aus, als wäre er ohnmächtig, während das Girl sich bewegte.

Ich legte die Hände an den Mund. »Bleiben Sie, wo Sie sind!« schrie ich aus vollen Lungen. Ich hoffte, daß sie hörte und begriff. Langsam stieg ich ab.

Die staubige, mit Schwefeldämpfen durchsetzte Luft reizte die Atemwege. Die Asche, in der der Fuß knöcheltief versank, war heiß, als käme sie gerade aus einem Ofen. Das Grollen und Poltern dröhnte aus dem Grund des Trichters heraus wie unterirdisches Gewitter. Ein ständiges Beben ließ den Boden vibrieren.

Ich stieg in einer schrägen Linie zu dem Mädchen ab. Ich kam bis auf zehn Yard heran, als Galinas sich aufrichtete. Ich blieb sofort stehen. Er stemmte sich auf die Knie hoch. Er blickte sich um. Der Blick in den Krater erfüllte ihn mit jähem Entsetzen. Vergeblich rief ich ihm zu, zu bleiben, wo er war. Er stand taumelnd auf. Mit hastigen, unkontrollierten Bewegungen, sich auf die Hände stützend, kletterte er, von der Furcht getrieben, nach oben.

Ich stieg schneller ab. Das Mädchen erreichte ich, als Galinas sich ungefähr mit ihm auf einer Höhe befand, allerdings knapp zehn Yard weiter seitlich.

»Bleib stehen!« schrie ich ihn an. »Wir holen dich!« Er hastete den Hang hoch. Wieder und wieder rutschten seine Füße ab. Dann löste sich ein größerer Brocken unter seinem Gewicht. Er verlor den Halt und stürzte. Plötzlich schien die ganze Kraterflanke in Bewegung zu geraten. Ich warf mich über das Mädchen und schützte es mit meinem Körper. Ein Rauschen und Dröhnen umgab uns für Sekunden, die mir endlos schienen. Als ich den Kopf hob, war Jack Galinas verschwunden. Ich blickte über meine Schulter nach unten. Achthundert Fuß tiefer glühte der runde See der kochenden Lava wie ein Kessel flüssigen Bleis.

Das Mädchen war zerschrammt, aschegrau, die Kleider zerfetzt, aber nicht ohnmächtig. Ich hob es auf meine Arme. »Bewegen Sie sich nicht!«

Sie besaß noch die Energie, die Arme um meinen Hals zu legen. Schritt für Schritt stieg ich nach oben. Ich prüfte jede Stelle, bevor ich das volle Gewicht auf den Fuß verlagerte.

Trotzdem geriet ich zwei-, dreimal ins Rutschen. Aber ich schaffte es, und als ich fast den Kraterrand erreicht hatte, sah ich Phil, der an der Absperrung stand und mit dem 38er in der Hand die Menschen hinter der Schranke hielt. Er hatte die Situation richtig erkannt, hatte nicht versucht, mir zu helfen, sondern dafür gesorgt, daß andere das Mädchen und mich durch ihre Neugier nicht in Gefahr brachten. Erst als ich den Kraterrand erreicht hatte, griff er zu und nahm mir die Last des Mädchens. Wir betteten es auf den Boden. Phil sah mich an und pfiff leise durch die Zähne. »Das war hart«, sagte er.

»Ist das Grace oder Rosy?« fragte ich.

»Grace, denke ich«, antwortete Phil.

Irgendwer hatte die Unfallrettungsmannschaft alarmiert, die beim Volcano-Hotel stationiert war. Für Grace wurde eine Ambulanz herbeigeholt. Erst jetzt tauchte das andere Douglas-Mädchen auf. Sie hatte sich auf der Suche nach einem besseren Platz von ihrer Schwester entfernt und war von Neugierigen abgedrängt worden.

Der angeschossene Art Ranger wurde mit Grace Douglas in die Ambulanz getragen. Zwei Männer der Rettungsgruppe seilten sich an und stiegen, durch Gasmasken geschützt, in den Krater ab. Sie fanden Jack Galinas. Er war nicht bis in die Ausbruchszone der Lava gestürzt, aber er war tot, erstickt in der sauerstofflosen Luft des tieferen Kraterbezirks.

Der letzte Mensch, der Helen Haddican sah, war der Flugleiter des Flugplatzes in Hilo. Sie kam in sein Büro und fragte, ob sie starten könnte. Er sah ihr verschmutztes Kleid, die Blutspur an ihrem Kinn. »Was ist geschehen, Mrs. Haddican?«

»Nichts von Bedeutung! Ein kleiner Unfall, aber ich bin okay! Ich kann fliegen.«

Sie ging zu ihrer Maschine. Er gab ihr den Start frei. Als die Maschine abhob, ging er auf den Balkon des Flugleitturms hinaus und sah der Maschine nach, bis sie über dem Meer verschwand. Später kam ein Taxifahrer und beschwerte sich über den blauen Cadillac, der die Zufahrt zum Flughafeneingang blockierte. Es war Galinas Wagen, mit dem Helen Haddican heruntergekommen war. Erst am nächsten Tag fanden Suchhubschrauber der Marine einige Trümmer ihre Plancraft-4-Maschine.

Die meisten Leute glauben, daß Helen Haddican Selbstmord begangen hatte, aber ich teile diese Meinung nicht. Wenn sie zum Schluß auch gern ausgestiegen wäre, so war sie doch eine schlaue, berechnende Frau. Ich glaube, daß sie versuchte, die fünf Millionen Blütendollar wegzuschaffen, den einzigen Beweis ihrer Beteiligung an diesem Geschäft.

Es ist schwierig für einen einzelnen, den Stauraum einer fliegenden Maschine zu leeren und seinen Inhalt über Bord zu werfen. Ich denke, daß Helen Haddican es versuchte, und daß sie dabei die Kontrolle über das Flugzeug verlor.

Aber vielleicht beging sie wirklich Selbstmord.

Ich saß zwischen Rosy und Grace. Phil flankierte die Mädchen auf der einen, Joshua Eton auf der anderen Seite. Wir tranken stilecht aus halbierten Kokosnußschalen; wir aßen von Holztellern oder dickschaligen Ti-Blättern.

Der Lieutenant kommentierte die Gerichte. »Das ist Poi«, sagte er. »Es wird aus der Tarowurzel zubereitet.«

Ich probierte Poi und Sojasoße, ich aß Lomi-Lomi, und ich schreckte vor Lauiau nicht zurück, obwohl dieses Gericht besonders verdächtig aussah.

»Genau betrachtet«, sagte Phil, »ist der Vietnamkrieg auch an dieser Sache schuld.«

»Der Krieg schaffte die Vorausssetzung; genauer gesagt, das mögliche Ende des Krieges«, bestätigte ich. »Sehr viele Leute in Südvietnam glauben, daß der Norden das Land erobert wird, wenn die USA ihre Soldaten aus dem Süden zurückziehen. Sehr viele Leute fürchten sich, unter den Kommunisten zu leben. Sie versuchen, ihren Besitz in Werte zu verwandeln, die sich leicht transportieren lassen, und die sie, wenn sie in ein anderes Land fliehen, mitnehmen und dort verwenden können. Ihrem eigenen Geld vertrauen sie nicht, aber amerikanische Dollars werden in nahezu allen Ländern der Welt als Zahlungsmittel anerkannt. Also hamstern sie Dollarscheine.«

»Diese Dollars werden nicht an einer Bank eingezahlt. Sie werden nicht irgendwohin überwiesen, sondern die Leute tragen sie bei sich; ein schmales Päckchen, eine volle Brieftasche oder ein kleiner Koffer, je nach Reichtum. Dollars sind zur Zeit in Vietnam die begehrteste Ware.«

Ich nahm einem Schluck Guavasaft, um das Krebsfleisch hinunterzuspülen. Das Hawaii-Mädchen tupfte mir den Mund mit der Serviette ab. »Hören Sie, meine Schöne! Könnten Sie aufhören, mich wie ein Baby zu behandeln?« fragte ich. Sie schüttelte den Kopf und füllte meinen Kokosnußbecher.

»Sprechen Sie weiter!« forderte Eton. »Wie kam Helen Haddican an die falschen Zwanzigdollarnoten?«

»Sie stellte William Theane als Lagerverwalter ein. Irgendwann muß Theane ihr anvertraut haben, daß er über einige hundertausend Exemplare falscher Zwanziger verfügte. Helen Haddican befand sich in finanziellen Schwierigkeiten. Sie hatte sich mit dem Hotelbau übernommen, und sie wurde den Gedanken nicht los, sich mit Hilfe der falschen Zwanziger zu sanieren. Sie fand Hilfe. Jack Galinas und Robert Callahan. Über Galinas kam sie an die Leute heran, die die Dollars nach Vietnam bringen und echte Werte nach Hawaii ausfliegen konnten. Von Hawaii aus besorgte der ›Haddican's Service‹ den Weitertransport. Das Geschäft lief an. Um sicherzugehen, wurden die falschen Dollars im Gepäck von ›Haddican-Touristen‹ versteckt und in Hawaii herausgenommen, bevor das Gepäck ausgeliefert wurde. Auf demselben Weg wurde zum Beispiel Gold in die Staaten gebracht, nachdem Galinas Helfer, dieser angebliche Oberst Frederic Orville, es in den Charterflügen von Vietnam nach Hawaii geschmuggelt hatte.«

»Hör auf, von beruflichen Dingen zu sprechen«, verlangte das Douglas-Mädchen an meiner linken Seite.

»Nein, ich will wissen, warum ich mir meine Schrammen geholt habe«, widersprach ihre Schwester.

»Das Geschäft funktionierte. Da die Dollars falsch waren, verkauften sie sie billig. Auf der anderen Seite zahlten sie für Gold und Diamanten oder seltene Altertümer, ostasiatische Kunst usw. hohe Preise. Sie brachten ungefähr eine Million Dollar unter, bevor es Schwierigkeiten mit Theane gab.«

Ich lächelte dem braunen Mädchen zu. »Genug von dem Krebs!«

»Wünschen Sie Kokospudding?«

»Ich wünsche einen Whisky!«

Sie brachte ihn in einem Holzbecher, aber immerhin schwammen Eiswürfel darin.

»Theane war mit seinem Anteil unzufrieden. Er hatte Helen Haddican alle Blüten ausgehändigt, und Helen hielt ihn knapp. Er begegnete Glendon Gardiner, den er von früher kannte. Ihm erzählte er von dem großen Geschäft. Nicht Helen Haddican, sondern Theane schickte Gardiner nach Honolulu. Gardiner versuchte, die Verzweigung der Organisation aufzudecken. Er machte sich an Galinas' Girls heran und geriet dabei an die unglückliche Raola Ramacutu. Er holte das Mädchen aus. Obwohl sie nicht viel zu erzählen hatte, schöpfte Galinas Verdacht. Er schickte seine Gorillas zu Raola. Gardiner verließ wenig später die Insel, und vermutlich wandte er sich jetzt in New York an Helen Haddican und erpreßte sie. Von diesem Augenblick ab wäre Helen gern aus dem heißen Geschäft ausgestiegen. Zu spät. Die wirklichen Gangster, die jetzt mitmischten, erlaubten es ihr nicht mehr.«

Ich nahm einen Schluck von dem Whisky. »Bis dahin war es ein dreckiges Geschäft«, sagte ich. »Jetzt entwickelte sich eine menschliche Tragödie. Raola war mit dem Matrosen Malaoh Hakaulai befreundet gewesen. Als der Mann nach einer Erklärung für das Verschwinden des Mädchen suchte, zeigte ihm Callahan ein Foto, das von Raola und Gardiner von einem Strandfotografen aufgenommen worden war. Er behauptete, dieser Mann habe Raola auf dem Gewissen. Es war für ihn eine einfache Erklärung, aber der Matrose machte sich auf den weiten Weg nach New York, um sein Mädchen zu rächen. So kam es zu dem Mord an Gardiner.«

Ich gab dem lächelnden Hula-Mädchen ein Zeichen, den Holzbecher neu zu füllen. »Helen Haddican mußte Ranger und seine Freunde aus dem Gefängnis holen, um nicht von ihm verraten zu werden. Sie beging damit einen Fehler, denn Gardiner hatte Ranger nicht eingeweiht. Jetzt hatte sie einen zweiten und nicht weniger üblen Gangster auf dem Hals. Zur selben Zeit geschah eine Panne im Transport von goldgefüllten Figuren, die gegen die falschen Dollars eingekauft worden waren. Eine Touristin gelangte an ihren Koffer, bevor die Figur gegen den üblichen Andenkenkitsch ausgetauscht werden konnte. Ranger wurde alarmiert. Ranger holte die Figur aus der Wohnung des Mädchen, und die Unglückliche überlebte diesen Besuch nicht.«

Ich nahm einen Schluck. »Hören wir auf!« schlug ich vor. »Der Rest ist ohnedies allen bekannt. Callahan, Halim und Kovalek kamen nach New York, kauften sich Theane, um von ihm den Rest aller Blüten zu erhalten. Sie töteten ihn, und da Theane ihnen gesagt hatte, daß Helen Haddican die Blüten besaß, entführten sie als Druckmittel ihre Tochter. Sie weihten Cynthia in das Geschäft ein. Um ihre Mutter zu schützen, verschwieg Cynthia, daß man sie gezwungen hatte, nach Honolulu zu fliegen. Einmal in der Stadt, hielt Galinas sie auf seinem Boot verborgen, bis ihre Mutter mit dem Schatz der falschen Dollars ankam. Aber sie kam nicht allein. Sie hatte Ranger nicht abschütteln können. Die Gangster engten ihre Handlungsfähigkeit immer mehr ein, bis sich zum Schluß Galinas und Ranger gegen sie verbündeten.«

Ich beugte mich zu Grace hinüber. »Bei allem ist nur ein Erfreuliches herausgekommen! Ich verwechsle dich nicht mehr. Wann immer ich die Douglas-Schwester mit dem Pflaster auf dem Kinn, den Schrammen auf der Stirn und dem Verband um den linken Ellbogen sehe, weiß ich: es ist Grace!«

»Fein«, sagte sie, »aber ich bin Rosy!«

Ich starrte sie so fassungslos an, daß die anderen in lautes Gelächter ausbrachen.

ENDE

Als nächstes Jerry-Cotton-Taschenbuch der Zweitauflage erscheint der spannende Roman:

Nacht der Menschenhaie

Durch das weißschäumende Kielwasser schnitten die spitzen Dreiecksflossen von einem ganzen Rudel Haie. Chris Balden zählte sieben. Aber seit sie die bluttriefenden Köder im Schlepp hatten, wurden es immer mehr.

Dave Conder kratzte sich unbehaglich am Kinn.

»Und was ist mit den Kindern, Captain?« fragte er leise.

Chris Balden schob die weiße Schirmmütze aus der Stirn.

»Verdammt«, knurrte er, »ich kann es doch nicht ändern! Der Boß hat befohlen, daß alle sterben müssen . . .«